D1611649

Clavícula

Marta Sanz

Clavícula

(Mi clavícula
y otros inmensos desajustes)

EDITORIAL ANAGRAMA
BARCELONA

Ilustración: © lookatcia.com

Primera edición: marzo 2017
Segunda edición: enero 2018
Tercera edición: noviembre 2018

Diseño de la colección: Julio Vivas y Estudio A

© Marta Sanz, 2017

© EDITORIAL ANAGRAMA, S. A., 2017
  Pedró de la Creu, 58
  08034 Barcelona

ISBN: 978-84-339-9829-3
Depósito Legal: B. 3309-2017

Printed in Spain

Black Print CPI Ibérica, S.L., Torre Bovera, 19-25
08740 St. Andreu de la Barca

Para Jorge, por nuestras fracturas
y nuestras resurrecciones

Uno se encarniza. No se puede escribir sin la fuerza del cuerpo.

MARGUERITE DURAS

Voy a contar lo que me ha pasado y lo que no me ha pasado.

La posibilidad de que no me haya pasado nada es la que más me estremece.

¿Cuándo empieza el dolor?, ¿el primer síntoma? Quizá yo podría fijar el mío mientras sobrevuelo el océano Atlántico rumbo a San Juan de Puerto Rico. Aunque ése sería más bien el exótico o cosmopolita comienzo de una novela que tendría que firmar alguien que no soy yo. Un escritor peruano residente en USA o una autora de bestsellers entre históricos y sentimentales. Pero realmente sucede así; mientras sobrevuelo el mar constantemente diurno, noto la presencia de una costilla bajo el pecho izquierdo. Y, en la costilla, detecto una pequeña cabeza de alfiler que súbitamente se transforma en una huella de malignidad. Una fractura en la osamenta o el reflejo de una vorágine interior.

Voy leyendo un libro –siempre leo alguna cosa– con el que procuro distraerme del ruido de mi propio cuerpo, que suena, grita, me habla. Estoy harta de escucharlo. Durante unos instantes estoy convencida de que esta vez ya no hay marcha atrás y este viaje será el punto de inflexión hacia lo malo. Un poco más tarde, sé que no pasa nada con la misma seguridad con que hace un minuto se me secaba la boca porque iba a morir. El cuerpo está lleno de señales que algunas veces son la consecuencia de una presión ridícula. Una ventosidad. Pienso en clave cómica, y recuerdo a mi tía Alicia aquejada de un ataque de pedos en una sala de urgencias: ella se había diagnosticado un infarto. Se me tuerce una sonrisa. Malditas benditas malas posturas. Voy leyendo un libro y, como siempre ocurre, mientras uno lee a la vez va pensando en otras cosas y posiblemente ésa sea la gracia de leer. El pensamiento paralelo. Paralelepípedo. Las figuras geométricas y los copos de nieve.

Voy leyendo las memorias de Lillian Hellman. Es un gran libro que consigue que mi mente se separe del runrún –cada vez más acusado, innegable, no son imaginaciones– del dolor. La hija de puta de Lillian Hellman –lo siento, Lilli– describe los síntomas del cáncer de pulmón de Dashiell Hammett. Dice que no duele el centro del pecho. Dice que duelen los brazos. Una costillita. Falta el aire. Me asfixio dentro de la cabina del avión que sobrevuela el Atlántico rumbo a la ciudad de San Juan de Puerto Rico. De pronto, vuelvo a saber sin margen de error posible que me voy a morir antes de tiempo. Cojo una bocanada de oxígeno encapsulado en la cabina del avión. No es un oxígeno de primera calidad, pero me apaciguo. Dudo. Ignoro si es verdad o mentira este dolor que se compacta dentro de mí como el hormigón de las obras.

Me pregunto de dónde nace este miedo y, como soy una bestia extremadamente racional, descarto, quizá con demasiada precipitación u optimismo, el pánico a volar y sopeso dos posibilidades morbosas. Una, ya lo he dicho, es la de que me estoy muriendo realmente y este vuelo es el punto de inflexión hacia el declive. La otra es la de que, aunque no me esté muriendo en este instante y acaso –¿acaso?– tenga que afrontar esta misma situación dentro de algunos años, este tipo de experiencias me mina. Me come la piel por dentro como traviesos gusanitos aradores de la sarna.

En un lunar de mi cuerpo reconozco el cosmos. La primera célula humana, el reptil que salió del charco y se convirtió en simio. Me salto mil pasos intermedios de la evolución, desde la metamorfosis de las branquias en pulmones hasta el alzamiento progresivo del rosario de las vértebras. Por otra parte, en un lunar de mi cuerpo que me escuece y muta veo la realidad como dentro de la bola de cristal de una pitonisa de feria, todo lo que me oprime, los rayos alfa, gamma o beta que irradian los módems portátiles y las redes wifi invisibles que atraviesan los muros y me apuñalan. Me pasa a mí y a todo el mundo.

Actúo como mi propia quiromántica y al mirarme la palma quemada de la mano izquierda detecto una línea de la vida que no se corta pero forma islas y triángulos escalenos. Cajas irregulares. Yo diría que mi línea de la vida sufre interferencias a partir de los cincuenta años. Ése es mi preciso cálculo adivinatorio. Mi profecía. Ahí se localiza exactamente la desaparición de mi confort físico y de mi publicitaria sensación de vivir. Arranca la época de las enfermedades mágicas. El miedo a quedarme viuda. Huerfanita. O en la miseria.

Luego, en casa, un día rompo a llorar en el cuartito de la tele. El cuartito de la tele es el mejor espacio de la casa para romper a llorar. Exploto. No puedo mantener durante más tiempo el mutismo sobre un dolor que me atenaza cada vez más y se expande por mis brazos como veneno de medusa. No puedo reservarlo para mí sola. Guardármelo mientras muerdo un palo imaginario de película del Oeste y picadura de serpiente de cascabel. Tengo que compartir mi dolor y mi miedo para sacarlo de mí. O quizá me equivoque y todas estas lágrimas sean una manera de magnificar el daño y conferirle realidad. Solidificarlo. Alzarle un monumento. Pero no puedo contenerme y lloro con unos lagrimones enormes. Gimo. Me congestiono. Emito un sonido profundamente lastimero que a mi marido le llega al corazón. Me oigo a mí misma y me estremece escuchar un aullido que casi no reconozco. Como si no saliera de mí. Pero lo tengo dentro. En mi caverna. Él se pone nervioso y no sabe si tratarme con dulzura o levantarse bruscamente del sofá y huir hacia otra habitación para tranquilizarse. No sabe qué me pasa. Me dice que llore a gusto y, al segundo, me quiere frenar: «Ya está, ya está.»

Mis lamentos son umbilicales. Nacen del principio de la vida y de la era de los dinosaurios. Tiemblo y noto cómo adelgazo con las contracciones del llanto. Mi marido se pone nervioso: «Pero ¿qué te pasa?» Consigo articular con dificultad como la paciente de un logopeda: «Me voy a morir.» Mi marido me sostiene la carita, esta carita que es más carita que nunca, carita de mono, ojerosa, entre las manos: «Me voy a morir.» Frunce el ceño y yo le doy más explicaciones: «Ahora. Ya. Pronto.» Mi marido procura esbozar una sonrisa, pero es consciente de que no debe restarle importancia a mi angustia porque, entonces, yo dejaré de llorar. Me pondré rígida y me enfadaré mucho. «Pero ¿por qué dices eso?» Me gustaría ayudar a mi marido. Pero me enrosco. Soy una cochinilla. Busco la irradiación de mi propio calor, que en el berrinche casi se convierte en una fiebre. «Tengo un dolor.» La cochinilla sentencia: «Es el dolor del que me voy a morir.» Lo digo con la seguridad de los pensamientos fúnebres del avión y de mis noches de insomnio, que se remontan a los cinco o seis años. Mi sentencia es efecto de la observación constante de las punzadas y los ruidos de mis articulaciones y vísceras. No lo digo por decir.

Él me acaricia la cabeza: «Pero no, no...» Procura amansarme: «Pero iremos al médico, ya verás, no pasa nada.» Me enroco: «No quiero ir al médico.» Mi marido se enfada y, como se enfada, yo lloro más y lo contemplo con una mueca de infinito reproche que dice: «No me comprendes, no me comprendes.» Después me retraigo. Tiemblo. Soy un pollo mojado. El enfado de mi marido sólo es impotencia: «Mañana llamo para pedir hora.» Tengo muchísimo miedo, porque intuyo que nada más verme el médico de cabecera, sin necesidad de enviarme a la consulta de ningún especialista, sabrá que me voy a morir. Mi misteriosa enfermedad, mi cabeza de alfiler, mi garrapata, será algo evidente e incurable. Me delatará el color de la piel o el fondo de un iris, que saldrá del ojo como una costra, para mostrar el mapa de mi recóndito mal. Mi piel expelerá un olor patológico por la cara interna de los codos y detrás de los pabellones auditivos.

«Tengo mucho miedo», pero estoy tan agotada que no me resisto. Lo dejo todo en las manos de mi marido como si él pudiese salvarme de algo que, igual que yo, tampoco conoce. Él me cree, pero no quiere creerme. Está seguro de que, si quiere ayudarme, no debe creerme, pero duda y se desmorona con contención ante la posibilidad de que lo deje solo. Si yo no estuviera, él se olvidaría de lavarse o de tomar café para desayunar. Se abandonaría. Dejaría de pagar la luz. O tal vez con ese vaticinio me estoy concediendo demasiada importancia. Estoy pecando de un exceso de romanticismo. Mi marido se aturde ante la idea de que uno de mis viajes no tenga billete de vuelta. Él me recoge de todas las estaciones a las que siempre regreso. Observo sus ojos vidriosos. Me gustan mucho. Gimo: «Me voy a morir y no voy a poder disfrutar de todas las cosas buenas que me es-

19

tán pasando. Me voy a morir y os voy a hacer sufrir a todos. Me voy a morir sin poder disfrutar de mi felicidad. Me voy a morir sin ganas de morirme.» Mientras hablo sé que no debería hacerlo porque mi mal, que es equivalente a mi maldad, se me está clavando dentro. Mis palabras producen heridas irreparables. Tal vez debería tragármelas. Mi marido me mira sin comprender, pero me agarra el cráneo, me besa, me dice: «No, no, no.» Hace exactamente lo que yo necesito que haga. Está. No me manda a la mierda. No me insulta. Aguanta. Yo sé que aguantará siempre. Y en esa convicción me crezco, me derrumbo, mido mi amor. Y mi perversidad.

El bienestar reside en la ingesta de yogures, el ejercicio físico, la estancia en un balneario. No hay un solo día en que no experimente un dolor nuevo: alrededor del ano, la garrapata que me oprime el esternón, el calambre en las costillas. El desasosegante ardor de un padrastro, un runrún en torno al ombligo, las muelas del juicio que rompen la encía, la garganta, los bronquios. La imprevisible disnea o la milimétrica disnea que siempre aparece en el mismo trayecto. Todas las infamias corporales a las que me resisto sin resignación cristiana. En estas condiciones, ni yo misma entiendo cómo puedo ser tan encantadora. No me explico cómo soy capaz ni de querer a nadie ni de disfrutar de una agitada vida social.

Abro el ordenador y a mi bandeja de entrada han llegado seis o siete ofertas de empleo para mi marido, un parado de cincuenta y seis años que ya no recibe ninguna prestación. Leo la lista de empleos sobre los que no podré hacer clic: limpiador con discapacidad, conserje autónomo, peón por horas, camionero con idiomas para Senegal, encantador de perros, dependiente con buena presencia, menos de 18.000 euros al año, sustitución cuatro horas semanales, chapista de muebles industriales... «¿Hay algo para mí?», me pregunta desde detrás de su periódico de papel. Ése es nuestro mundo. El otro —el de las aplicaciones del teléfono y la banca por internet, el de dejar de hacer cola frente a las taquillas del teatro— nos hace sentirnos prematuramente viejos.

Hoy he solicitado para mi marido un trabajo como actor de anuncios. Haría muy bien de abuelito dinámico, de señor que usa Grecian 2000 o que está estreñido. Aunque el estreñimiento es una dolencia de mujeres menopáusicas, apretadas, las que no pueden cagar en váteres extraños cuando se van de viaje y necesitan licuar su bolo fecal con un microenema que distiende por fin el rictus de la boca y también el de su ano sellado herméticamente.

Nuestro culo es una caja fuerte. Sin embargo, los hombres plantan pinos como rascacielos de Manhattan y se comercializan para ellos eficaces productos contra la diarrea porque sus urgencias intestinales les impiden ligar o conseguir un puesto directivo. Coger un prometedor vuelo a Cuba. Hay que tener en cuenta la calidad y consistencia de la mierda para emitir buenos diagnósticos. La abundancia de cánceres de colon y de recto –últimamente disponemos de mucha información sobre todos estos asuntos– está prestigiando la proctología. Me alegro por los proctólogos. En un anuncio mi marido podría ser un médico que recomienda la ingesta de yogures. También haría muy bien el papel de hombre maduro que por las mañanas necesita tomar actimeles para salir a hacer el gilipollas bajo la lluvia sin correr el riesgo de resfriarse. Haría muy bien de padre de familia que come pizza. Espero que lo llamen.

Mi ginecóloga es una médica experimentada. También es mi amiga, y por eso acudimos a ella en primer lugar. Es nuestra primera opinión, y hablo en plural porque ahora no sólo yo me siento enferma, sino que mi marido también está enfermo. Está enfermo a mi lado. Enfermo conmigo. Pierde peso. No duerme a pierna suelta. Está sensible.

En la consulta, me siento terriblemente egoísta porque mi ginecóloga acaba de perder a dos hermanas a causa de un cáncer real. O tal vez la palabra para nombrar al monstruo sea *verdadero*. Un cáncer no es relativo ni ficticio. Es verdadero. Como el monstruo que se esconde debajo de la cama y me sopla las puntas de los pies. Es verdadero el monstruo de dentro del armario. Y el del alféizar de la ventana de noche. Los cánceres imaginativos son otro tipo de cánceres. Son cánceres que convocan a los cánceres. Los construyen. Mi ginecóloga se cree que me voy a quedar tranquila si me coloca su fonendoscopio sobre el esternón. No me conoce en absoluto. O sí me conoce y, pese a la seguridad que me quiere transmitir, sabe que mi bienestar durará el minúsculo lapso de tiempo que yo consiga dejar mi cabeza en blanco para decidir a qué huelen las nubes. Yo nunca me quedo tranquila. Ella debe de estar harta de mí y de todo. No creo que la ayuden ni el yoga ni la meditación trascendental.

Le digo: «Me duelen los brazos.» «Me duele una costilla.» «Fumo.» «Me asfixio.» Ella niega: «Ninguno de esos síntomas coincide con los del cáncer de pulmón.» Una cosa son los relatos sobre el cáncer y otra los cánceres verdaderos. El límite entre la realidad y sus ficciones es un tabique de buen ladrillo rojo. Después me cuenta la historia de un médico que con cierta frecuencia acude a su consulta aquejado de un cáncer de mama. La posibilidad de que un hombre sufra cáncer de mama es inferior al 1 %. El hombre llega con la frente perlada de sudor y temblores en las manos. La lengua se le pone pastosa al abordar la descripción de sus síntomas. Mi ginecóloga escucha a su colega y ha de ser especialmente hábil para rebatir los argumentos de otro médico que conoce las sintomatologías y las patologías mucho mejor que yo. Yo sólo las conozco por los libros. Margarita Gautier y otros enfermos de tisis, de leucemia, de esclerosis múltiple. Del corazón, sobre todo. O de las fiebres y visiones amarillas. Ella se olvida de la historia del doctor con cáncer de mama y continúa: «Fumar es una mierda.» Me ausculta más: «Tienes un roncus.» Me pide que respire profundamente: «Mocos.» Me concentro en mi respiración y cojo todo el aire que soy capaz de acumular en los pulmones. La escucho: «El día que tengas un cáncer lo sabrás sin duda.»

Pienso en mi situación. En mis certezas. En la alta estima y el odio simultáneo que me inspira mi propio cuerpo. El amor y la repelencia que, cuando era una niña de cuatro años, se manifestaban en un miedo cerval hacia el crecimiento de una variz en la pantorrilla. O hacia el desprendimiento de un riñón al dar un traspié. «Eres de mírame y no me toques.» «Siempre tienes la boca abierta.» «Eres una flor.» Variaciones sobre el mismo leitmotiv. Mi voluntariosa y buena ginecóloga no me conoce en absoluto. Ella pone la guinda estoica del pastel: «Y cuando tengas un cáncer, no pasará nada. Sólo te morirás. Es ley de vida.»

Salgo a la calle. Mi marido me mira al trasluz para leerme el pensamiento. No hace falta. Estoy temblando.

Hace unos años escribí una historia en la que aparecía una mujer menopáusica que tenía la misma cara que Simone Signoret. Ahora que soy yo quien vive el climaterio, me doy cuenta de que mi relato era demasiado literario. No respondía al estereotipo, pero sí era forzadamente libresco y sofisticado. O puede que la sofisticación de esta metamorfosis verdadera supere la preciosidad de cualquier metáfora. Quizá me anticipé al imaginar la vida hormonal de Luz Arranz, a quien por cariño le puse el apellido de mi abuela, y debería haber esperado a conocer mejor alguno de los detalles importantes de toda esta sequedad que llega de golpe y te agrieta. Uso colirios de ácido hialurónico porque se me están secando los ojos. O quizá hice bien en escribir antes de tiempo porque un exceso de realismo hubiese restado atractivo a las frases. La segunda posibilidad va contra mis axiomas estéticos. Tengo muchos axiomas. Y sus simétricos opuestos.

Luz Arranz cuenta y anota los cigarrillos que fuma diariamente. Mastica chocolate y echa en falta el calambre ovárico y el correr de la sangre por los muslos. Rojo y blanco. Literaturas y sonetos de Góngora porque todas las sangres, salvo en casos de hemorragias patológicas y anemias ferropénicas, son recogidas por las compresas con alas. Luz describe en un diario la transformación de su anatomía, que es sobre todo de orden estético: abotargamiento, erosiones, el mecanismo de un reloj que deja de hacer tictac y la vulneración del orden de las mareas y las estaciones del año. Otoño, verano, primavera, invierno. Luz espera su sangre, pero su sangre no llega. Posiblemente se siente menos seductora. Echa de menos una determinada forma de mirar de su marido, que podría llamarse amor. O deseo. O las dos cosas a la vez. Luz no aprende a vivir por separado ciertas emociones. Ahí Luz y yo somos posiblemente la misma. Echo en falta el deseo de mi marido. Pero sólo para poder rechazarlo. Él y yo debemos aprender nuevas costumbres –besos de mariposa, abrazos lentos– y cambiarles el nombre a ciertos asuntos. Me pego a su cuerpo al despertarme. Me aprieto a su costado como si trepara por un árbol del que me diese mucho miedo caer. Me acurruco bajo su brazo como un cachorro mamífero. No me quiero ir.

Lo que yo no sabía es que la menopausia no consiste exclusivamente en una mutación que te hace sentirte menos bella. Es algo más íntimo. A algo íntimo que es a la vez algo físico yo lo llamaría algo *interior*. El climaterio es un asunto interior y pornográfico. No es sólo una cuestión de imagen o de sequedad de piel, paulatina pobreza capilar, arañas vasculares en las mejillas, bolsas en los ojos, retículas de arrugas como el velo de un sombrerito chic. Sí, en todo me he fijado, y a ratos me importa. Empiezo a verme como un personaje prototípico de las películas de terror: el cuerpo de una jugadora de balonmano y la cara descascarillada. Sin embargo, lo peor es que la menopausia provoca un estado de la sensibilidad que te induce a creerte vulnerable y, consecuentemente, a serlo. Como si se tensaran todos los hilos de dentro de la caja torácica y una tirantez perenne te impidiera respirar. No sc duerme bien, ni se defeca bien, ni los alimentos saben de la misma forma. No se huele igual y se camina con cierta prevención a las fracturas. Mi madre dice: «No me aguanto ni yo.» Por las noches, sufro calambres en los dedos de los pies que no se parecen en nada a los movimientos reflejos, a la tensión, del orgasmo en ese otro pie, más joven, que antiguamente se estiraba y se encogía y cambiaba de número y rompía el cristal del zapatito por efecto del placer. Ahora soy una taza de loza de cintura para abajo. Me abrillanto con lejía. No quiero que me toquen. No me masturbo.

He perdido las ganas y aun así padezco una exigente necesidad de amor. Quiero las atenciones que se le dan a un peluche. Ese tipo de mimos. No respondo a los eficaces modelos de la mujer madura de una revista femenina. Al atlético entrenamiento con el vibrador y el lubricante para que la vagina no se selle como la cueva de Alí Babá y los cuarenta ladrones. No me da la gana de responder a estos modelos ni forzarme para estar permanentemente pizpireta y operativa. Reivindico otros placeres después de haberme saciado de los antiguos. No me arrepiento de nada. Nada me produciría más vergüenza que ser esa mujer madura que, con su bíceps de murciélago, abraza a un neófito. En realidad, esta laxitud no me preocupa. Las fuerzas exteriores y catódicas, el papel cuché, me obligan a que me preocupe y a que me compre medicinas para reparar una endemia que yo no experimento como tal.

Yo quiero que me quiten un dolor. Que me ayuden a localizarlo. Que me extirpen del corazón el ansia poniéndole un nombre y un remedio.

No sé distinguir el principio del fin, la hez del óvulo. Todas las tristezas que reblandecen mi musculatura se remontan a un perturbador origen químico. Luz encuentra a su doctor Bartoldi. Es un ser imaginario que la trata de usted y, como si estuviera bailando con ella una pieza lenta, la ayuda a salir adelante. Yo no quiero hablar con un psicólogo porque ningún psicólogo puede ser más listo que yo. La vida es dura y se hace más dura a medida que pasa el tiempo. Pero soy amada y amo. Mientras busco palabras frenéticamente, las amontono, necesito que alguien con bata blanca le ponga nombre a esta enfermedad. E invente su aspirina. No hay presupuesto. Es jodidamente natural. Los calvarios de las hembras de la especie son jodidamente naturales.

Mientras tanto, sólo Luz y yo podemos doblegar nuestro propio cuerpo y tirar de él para levantarnos de la cama.

Sueño con que protejo en mi regazo un águila imperial. Está enferma y le doy miedo. Se siente amenazada y por eso araña con sus garras la piel de mi esternón. Pero está demasiado débil o tal vez poco a poco se acostumbra o se resigna o se da cuenta de que soy su única oportunidad de sobrevivir. Me muerdo los labios para no gritar. Me hace muchísimo daño, pero no quiero que nadie note el bulto que escondo por debajo de mi blusa. El pájaro se mueve cada vez menos. De vez en cuando le echo un vistazo. Va perdiendo pluma y la resistencia de sus alas, su envergadura rígida, se ha reblandecido. El águila empieza a parecerse a un pollo muerto de los que embucho de tomate y limones para meter al horno. Alrededor de mis pezones se extienden un par de rosáceas gotitas de sangre. La gente mira. El águila está a punto de morir. Boquea. Me leo a mí misma y me doy un diagnóstico: mis sueños son otra vulgar metáfora del desvalimiento de los hijos. Yo no tengo y tampoco soy el águila. Me parece.

Dejo de fumar. Ahorro. No me siento ni más limpia ni liberada. Veo cómo crece de modo alarmante el alijo de mi botiquín.

Viajo mucho por razones de trabajo. Decido no dejar de viajar aunque la garrapata me atenace el corazón. Decido no cuidarme excesivamente ni meterme dentro de mí misma. En el fondo no estoy segura de decidir nada. Es la inercia. La fantasía de que de verdad elegimos y la culpa por no tomarnos con la debida seriedad los avisos de nuestro cuerpo. Como si pudiésemos parar cuando nos diera la gana. Hasta de eso tenemos la culpa. Tenemos la culpa de todo.

Algo parecido a todo esto cuenta Elvira Navarro en *La trabajadora*. Recogemos una inquietud de época y escribimos estas cosas porque algo nos duele, porque somos mujeres, porque tenemos o no tenemos pareja, escribimos, tenemos y no tenemos trabajo, somos españolas y blancas, posiblemente feministas, posiblemente de izquierdas. Pero nuestros libros no están escritos con las mismas palabras y, en consecuencia, no, no son iguales. *C'est dans l'air du temps.*

Sola, en las habitaciones de los hoteles, experimento la ilusión trágica de que voy a sufrir un ataque. Es una pena porque este hotel tiene las paredes pintadas de un azul celeste muy bonito. La habitación está llena de luz y todo está muy limpio. Huele bien. Los huecos son pequeños pero están bien aprovechados. Es un sitio acogedor. Sin grandilocuencia. Pero yo sufro un ataque que me empotra entre la pared y los pies de la cama, y en mi ilusión trágica me concentro en la tela bordada de hilo blanco de los visillos oscilantes por la brisa. Qué pena me da la luz en los visillos y lo bonita que es esta habitación de un hotel del sur a la hora de la siesta. La garrapata me está chupando todo el calcio de los huesos como si mi osamenta fuera un nutritivo vaso de leche. Un manantial. Nadie me ayuda.

Mi teléfono móvil comenzará a sonar porque mi marido estará esperándome en la estación y yo no bajaré del tren. Mi móvil sonará, pero yo no podré oírlo y él se sentirá impotente. Mirará hacia un lado y hacia otro. Recorrerá la línea del andén y las salas de espera. Mientras, yo seguiré empotrada entre la pared y los pies de la cama viendo cómo los visillos de mi habitación se van poniendo negros y se apaga la luz.

Entro en el cuarto de baño para pintarme los labios. Nadie sabrá nunca que he hecho un esfuerzo ímprobo. Que pintarme los labios es mi forma de sobreponerme. Después, en la mesa redonda de la feria del libro de una ciudad del sur estoy francamente magnífica. Hablo de Luz y del doctor Bartoldi. Nadie entre el público distingue el punto rojo que me quema el pecho. Mañana estaré de vuelta en casa. Otra vez.

Voy a comer a casa de mis padres. Mi madre nos ha preparado un menú de colegio. Casero y familiar. Lentejas y sardinas. Es tan difícil comer bien cuando se está fuera. Aparentemente detesto el higienismo, la tiranía dietética y el prestigio cultural de los grandes cocineros, y sin embargo a veces como en restaurantes con estrellitas y disfruto del eclecticismo y la finura de mi amigo Bienve, que me cocina carne roja rellena de cigalas o raviolis de gamba blanca de Huelva. Aparentemente detesto la señal más clara de que una sociedad está en decadencia, la cabeza laureada de los cocineros, las recetas con algas y la repugnancia ante las grasas saturadas, y sin embargo me peso y me mido y me cuido y me chupo la puntita de los dedos. Y sirvo platillos de medias raciones. Lo mismo me sucede con los programas del corazón y con ciertas series abominables. No me puedo resistir a los mandatos de mi época. Los reconozco, me resisto, me vencen. Peno.

Lentejas y sardinas. De postre, nos falta la naranja. Menos mal que mi madre se preocupa de alimentarnos. Como si fuéramos polluelos y ella una cigüeña. Hoy se ha hecho una trenza en la coronilla porque no le gusta que «se le abra el pelo». Cuando pasa mucho rato con la cabeza apoyada en un butacón, las hebras de pelo se separan y dejan entrever la blancura del cuero cabelludo. Ahora, después de comer, mi padre recoge la cocina. Usa demasiado detergente para fregar los cacharros. Demasiado producto azul para abrillantar la vitrocerámica. Mi madre le regaña. Le dice que no hace bien las cosas. Pero él agacha la cabeza y sigue. Ella se va a ver la televisión. Refunfuña. Mi madre se enfada muchísimo: «Hombre, hombre, hombre», reitera, en bucle, al final de cada una de las frases que le sirven para expresar su indignación. A veces también dice «Joder». Mi madre se enfada muchísimo, pero se le pasa enseguida. Al día siguiente se vuelve a enfadar posiblemente por las mismas razones, porque a estas alturas ya es complicado que nada cambie de una manera drástica. O al revés, sólo a estas alturas las cosas pueden cambiar de una manera drástica y, en realidad, mi madre no quema sus energías inútilmente. Mi madre también llora con facilidad. Hoy se ha emocionado recordando a su perrita muerta. El recuerdo se ha desencadenado a partir de la foto de una revista.

Cuando acaba de recoger la cocina, mi padre se mete en su cuarto y se pone a escuchar jazz mientras hace collages con caritas sonrientes que le ponen de los nervios. Las recorta del periódico. Tiene millones de Cristianos Ronaldos, de Christines Lagardes, de Eugenias Silvas y de otras modelos que sonríen, sonríen y sonríen. Mi padre aún sabe dividir y, sobre un trocito de papel, divide para dibujar estrellas concéntricas, de cinco puntas, que después rellenará de color naranja, rojo y amarillo. El cuadro se va a llamar «Explosión en el País Valenciano». Mi madre le sorprende por detrás: «Ramón, es horroroso.» Él responde: «No todo pueden ser obras maestras.» En el cuarto ya casi no le quedan huecos para ir apilando pinturas y collages. Cuadritos muy pequeños y lienzos de gran formato: un garbanzo gigante, una cafetera sacramental, un plato de garbanzos seccionado y pegado a los bordes del lienzo, escindido, contra natura, sobre un fondo oscuro. El caldo no se derrama. En otro cuadro de tamaño mediano una mano empuña una alcachofa. En los collages: niños, deportistas, mandatarios, gente fea, el *horror vacui* político. Mi padre declara que así lucha contra el alzhéimer. Mi madre vuelve a dar su opinión: «Ramón, éste sí que te ha quedado bien.» Él la mira de reojo: «¿Verdad que sí?» Después ella se ríe viendo un programa bobo de la tele y, más tarde, los dos juegan al Scrabble y nadie puede interferir dentro de esa burbujita. «Me has contado mal los puntos de la palabra», «No tengo vocales», «Eso no existe», «Sí, existe, míralo en el diccionario», «¿Puedo poner *todavías*?», «No», «¿Y por qué no puedo poner *todavías* si tú acabas de poner *ayeres*?». Mis padres con los años se han convertido en lexicógrafos.

40

Mi madre últimamente anda muy preocupada por mis viajes. Le doy mucha pena. Yo me río y le quito importancia, pero mientras bajo en el ascensor me doy muchísima más pena a mí misma evocando la pena de mi madre. Ella, en casa, se habrá quedado pensando en aviones en caída libre, detenciones en aeropuertos, terrorismo, enfermedades infectocontagiosas, aceite de palma. Bastaría con que pensase en mí sentada en una de las sillas que rodean las puertas de embarque. Con eso mi madre ya se moriría de pena, aunque yo me ría y le quite importancia: «Mamá, tengo cincuenta años.» Entonces mi madre reflexiona un segundo y se pone más triste todavía. Se le humedecen los ojillos.

Prometo escribir todo lo que tenga que escribir sobre mis padres antes de que se mueran. Después, ni una sola palabra que ellos no puedan leer. Ni siquiera desde el cielo o en estado gaseoso-fantasmal. A lo mejor este cúmulo de palabras no es más que un intento de criogenización. Un conjuro para hacer de mis padres seres eviternos. O una preparación. Una medicina. No un homenaje. Ni un monolito. Sino una manera de apaciguar un dolor anticipándolo. Quiero domar el dolor como si fuera un animal salvaje. Prefigurar la dentellada amarilla. No sé si mi táctica servirá o, por el contrario, el efecto de prepararse para el futuro siempre resulta nocivo. Apesadumbra. Infecta. «Hija, ¿tú no tenías que irte a tu casa?» Mi padre siempre juega conmigo al mismo juego. A veces maldita la gracia que me hace. Otras me divierte muchísimo. Mi marido y yo nos marchamos por fin y, mientras bajamos en el ascensor, la dulzura y la paz me acongojan. No sé disfrutar ni de la paz ni de la dulzura. Porque se acaban.

La nueva fragilidad de mis padres me cala los huesos. Se transforma en mi propia debilidad. Detesto la naturaleza y lo inexorable. No sé vivir. Y sin embargo...

Sarinagara es el título de una novela de duelo del escritor francés Philippe Forest. A Forest se le muere una hija pequeñita y él busca consuelo en las biografías, casi siempre trágicas, de escritores japoneses. Busca consuelo en la lectura y la escritura. En la analogía y en la brecha. En la fusión de civilizaciones y en la imposibilidad de fundirse del todo con nada. Hasta con una hijita que se muere. Todo sana y todo se pudre. *Sarinagara* quiere decir algo parecido a «y sin embargo» en japonés. Forest lo escribe para aferrarse a la vida cuando aparentemente ya no queda nada. Todo es una mierda, mi hija se ha muerto, París está nublado y oigo las ratas que saltan de un cable eléctrico a otro, y sin embargo... Se atisba una lucecita entre la confusión de la galerna. Es el faro de Mojácar. Estamos salvados hasta la próxima tempestad.

Entiendo a Forest. Debe de ser horrible quedarse sin una hija pequeñita y cualquier argumento para aferrarse a la existencia prueba el valor de quien se lo ha inventado. Yo necesito el *sarinagara* antes de que nada verdaderamente malo me haya ocurrido. Como una anticipación. Como alguien que se ha acostumbrado a una dosis alta de pastillas, que ya no le hace efecto, y busca que le receten una fórmula mucho más venenosa e insecticida. Escribo mi *sarinagara* sin pompas fúnebres. Más adelante, ya veremos.

El dolor muta con el paso de los días. Es un ratoncito que cambia de tamaño y de forma dentro de su jaula. Mis costillas son una jaula de hueso y el dolor es un huevo de jilguero, un despeluchado jilguerito, un jilguero verde, un jilguero que se va quedando sin colorines pero no se acaba de morir. Puto jilguero. El dolor recorre mi cuerpo como un pez nadador. Nada o, más concretamente, repta, se arrastra, raspa, oprime. Se hace crónico y huele al agua sucia de un galápago-mascota. Forma una película en las fosas nasales. Un musgo. Es un olor que baja hasta la boca del estómago, lo penetra, lo hace girar sobre sí mismo, lo recubre con un fieltro que ha cogido mucho polvo. Un olor que no se va.

Mi madre me recuerda la lista de los difuntos familiares. La tía Mari Loli murió de infarto. La tía Marisol se murió sola en su casa de un ataque al corazón y casi se pudre por culpa del calor y los ácaros de la alfombra. El tío Bienve murió a los treinta y pocos dejando viuda y tres hijos. Mari Loli, Marisol, Bienve... La rama de la familia con la que guardo cierto parecido físico que se acentúa ahora que me voy haciendo mayor –viejecita–, y compruebo que yo, como la tía Marisol, también me estoy quedando seca. En el brazo izquierdo noto dos venas que antes estaban cubiertas por la carne. Me repugnan, aunque poco a poco les voy encontrando encanto.

Mari Loli, Marisol, Bienve... Mi madre me recita la lista de los tíos abuelos por parte de mi abuela paterna, que, a su vez, también fue diagnosticada de insuficiencia coronaria. Mi madre escucha mi descripción de la garrapata y, empeñada en que pida cita con el cardiólogo, me recuerda mi listado de difuntos. Ella tiene su propio listado y algunas veces lo repasa como un álbum de fotos: el prematuro cáncer de garganta de su abuela Claudia, la muerte de su hermana, el tumor cerebral de mi abuela Rufina. Mi madre no puede dormir por las noches. Está

46

nerviosa. Me recuerda mis antecedentes fúnebres. Lo hace con la mejor intención.

Sueño con mi madre en una pose absolutamente absurda. Lleva un biquini estampado y está recostada sobre una bala de paja. A pleno sol. Se cubre la cabeza con un sombrero cordobés. Con la mano derecha sujeta una copa de coñac y con los dedos pulgar e índice de la mano izquierda sostiene un cigarrillo. No lo tiene suspendido, como una señorita, entre los dedos índice y corazón. Sostiene el cigarrillo como un auténtico obrero metalúrgico, lleva los ojos muy pintados y, en mi sueño, aparenta tener unos treinta años y es ligeramente menos guapa de lo que mi madre es en realidad. Lo cierto es que ella es de las pocas personas que, en estas circunstancias, me hace reír.

Hoy acabo de enterarme de que mi tío Segundo, el de Roturas, se suicidó colgándose de una viga en el desván de su casa. Eran los años cincuenta y le habían diagnosticado una enfermedad mortal. Su mujer, la tía Nazaria, le curaba a mi padre las anginas enrollándole una media sucia alrededor del cuello. Entonces eran diferentes los remedios y las farmacopeas. La fe en el vademécum. Mi padre me describe al tío Segundo: «Era un Sancho Panza perfecto.» Después me aclara que, con esa metáfora, se refiere al amor a la vida de su tío. Mi madre se muestra más drástica: «Era un borrachín.»

Acabo de enterarme de un hecho que, hasta hace muy poco, habría dado lugar a una historia. Larga y compleja. Hoy, sin embargo, tan sólo es un dato. Un antecedente dentro de un historial médico que me induce a recordar a Ernest Hemingway y a su sobrina Margaux. Me tranquilizo cuando mi padre me informa de que mi tío Segundo era hermano de leche de mi bisabuela Catalina, hospiciana de Bilbao. Ergo, no existen ni la hemofilia ni la consanguinidad ni la sangre azul, y yo debo censurarme esta propensión obtusa a mezclar lo pedante y lo paleto que, en definitiva, constituye mi estilo. Nuestra sangre primero huele al musgo de una bodega rural. Después a carbonilla y a productos comprados, con vigilancia y esmero, en un supermercado de marca blanca.

Cuando escribo –cuando escribimos– no podemos olvidarnos de cuáles son nuestras condiciones materiales. Por eso pienso que todos los textos son autobiográficos y a veces la máscara, las telas sinuosas y las transparencias que cubren el cuerpo son menos púdicas que una declaración en carne viva. No me interesa la manipulación de los selfies a través del Photoshop. Me importa más la mueca que el lenguaje que la adecenta. Que el filtro que blanquea cada diente y difumina cada arruga. Me interesa más la pipa que la pipa que no es una pipa. La autobiografía es la consagración de la realidad y de la primavera, y no las costuras para convertirla en un relato. El estilo es hablar de la tripa que se me ha roto. Puede que la incomodidad –el flato, la hemorroide, la fibra tumoral– me enturbie la inteligencia. Puede que esté profundamente equivocada. También me interesa cuánto me van a pagar por mis esfuerzos. Por el libro que corrijo justo ahora y que tanto, tanto miedo me está dando.

Me pregunta un periodista: «¿Qué te mueve a escribir?» Me lo pregunta este periodista y muchos otros quizá porque la pregunta es sumamente interesante o quizá porque ninguno de nosotros dispone de una gran imaginación para preguntar. Mucho menos para responder: aunque no me formulen este interrogante, siempre me las arreglo para explicar por qué escribo, de qué escribo. Repito mecánicamente una respuesta que hoy se me aparece en la máxima expresión de su significado: «Escribo de lo que me duele.» Lo repito en cinco, en diez, en doscientas entrevistas. «Escribo de lo que me duele.» Hoy veo con toda claridad que la escritura quiere poner nombre e imponer un protocolo al caos. Al caos de la naturaleza, a la desorganización de esas células dementes que se resisten a morir, y al caos que habita en el orden de ciertas estructuras sociales. La escritura araña la entropía como una cucharilla de café el muro de la prisión. Amputa miembros. Identifica –para sanarlas– las lacras de la enfermedad. Es un escáner. Ata con lazo de terciopelo rojo los voraginosos tentáculos del calamar gigante que expele, en los abismos del mar, un chorro de tinta negra que, organizada en grafismos, nos aclara un poco la visión.

51

Con el paso del tiempo –ya va para cuatro meses– y las visitas a mis médicos de cabecera –tres–
han ido cambiando las hipótesis de diagnóstico:
cáncer de pulmón, EPOC, ansiedad, insuficiencia
coronaria, estenosis de la válvula mitral, divertículos
esofágicos, nerviosidad, nada, dentera, hongos. Las
pruebas y los resultados se demoran porque nada es
urgente. Pero yo soy incapaz de pensar en otra cosa.
Busco y me empeño en encontrar los nombres. Nadie pronuncia la palabra *menopausia*. Es un tótem o
un tabú.

Nadie pronuncia la palabra *menopausia* ni sabe explicar por qué justo antes de que mi cuerpo experimente su combustión minúscula, el chasquido de un fósforo al ser encendido, esa subida de temperatura que en mi caso no es ni mucho menos incineradora, justo en ese instante previo, siento que algo va muy mal, que todo lo malo va a suceder de una manera inminente. Vivo un nanosegundo de malestar cosmológico y hondísimo, mucho más entristecedor y tremendo que la pérdida de las medidas del frío y del calor reales. Es el apocalipsis de las pequeñas hormonas que también dificultan el sueño y la regularidad de la defecación de la que sacan provecho los naturópatas, los homeópatas y los creativos de publicidad. Esa tristeza cósmica anuncia la vulgaridad de un sofoco. Me pone en guardia. Es el aura previa al ataque de un epiléptico. A la transformación de un licántropo.

Un día ya no puedo más y lloro en la consulta de una médica de urgencias. Ella me pregunta: «¿A qué le tienes miedo?» Yo le respondo: «A estar enferma. A no poder trabajar.» La segunda parte de mi contestación alimenta mi presentimiento de que tal vez esté completamente loca. Miro a mi marido, que siempre me acompaña. Traga saliva. La médica me abraza. No me gusta que me abracen los extraños. Ni siquiera cuando necesito consuelo. Ahora que lo pienso tampoco me gusta mucho que me abrace la gente conocida. Entre hipidos e interrogaciones le repito a la médica esa respuesta que me ha dejado asombrada: «Tengo miedo a no poder trabajar.» Ya no lloro. No quiero una receta de ansiolíticos ni buenas palabras. Enfermo del miedo a enfermar y del miedo a no poder enfermar. A que se hunda el mundo. A que la enfermedad se relacione con la imposibilidad de pagar las facturas. Durante un rato tengo la certeza de que mi temor es razonable y de que estoy condenada a pensar con retruécanos como Santa Teresa de Jesús.

La médica se salta el protocolo y me da un volante para una placa torácica de urgencia. Aprieto el pecho sobre la superficie del aparato de rayos. Me doy ánimos a mí misma: «Estoy un poco asustada.» La enfermera me responde: «Claro.» La palabra que la enfermera elige para responderme, quizá para aliviarme, me tortura.

En menos de una hora hemos descartado el cáncer de pulmón.

Ocurren cosas muy complejas y su reverso. Todo a la vez.

Me importa mucho lo que piense mi padre, y esa preocupación no anida parasitariamente en la raíz de un trauma freudiano. Se llama respeto. Amor. Dicen que es mejor tener y criar a un hijo cuando aún se es joven. No es verdad. Mi padre no soporta tener una hija vulnerable. No tolera mi angustia. Me llama loca. Lo hace con cariño, pero por la cara que le pongo me parece que después de llamármelo se arrancaría la lengua. Se le escapa. Quizá él se está defendiendo de su propio dolor al verme así, cada día más encogidita, con un hilo de voz y los ojos muy tristes. Mi padre me hace daño y no sé si me hiere como un revulsivo o porque no entiende nada, y él es también un hombre herido que sólo acepta las llagas procedentes de las luchas cuerpo a cuerpo y se niega a dolerse por nada que no se pueda transformar: que los renacuajos se hagan ranitas o que llegue un momento en que un riñón ya no dé más de sí. «Pero ¿y la ciencia?», me pregunto yo para resistirme. Hemos llegado tarde a la ciencia. Y yo lo sé.

Ahora él no me quiere mirar por si se le empañan los ojos. No me quiere mirar por si le entran ganas de levantarse del sofá y darme el sopapo que nunca me dio. «Despierta, espabila, vive», me dice mi padre sin decírmelo. «No hagas gimnasia, no escuches al cuerpo, no seas barroca, bodegón, gusano, vive.» Mi padre se pone enfermo cuando ejercito, en su presencia, mis abdominales. «Quién me lo iba a decir a mí.» Mi dolor me lleva a experimentar una gran culpa. Mi dolor es un fallo que no puedo permitirme. La prueba irrefutable de una inteligencia débil.

A lo mejor esto es un castigo por no haberme perpetuado en la carne de mi carne. Si hubiese tenido hijos, hoy me preocuparía un hipotético accidente de moto, un embarazo no deseado, los incipientes síntomas de una leucemia que se manifiesta con un dolorcillo de muelas y una ligera febrícula. Por la ley de vida y la falta de trabajos dignos. Sería menos egotista y mis impresionantes conocimientos anatómicos –me duelen la escápula, el trigémino, el tubérculo conoideo– se desplazarían desde la observación de mi propio cuerpo a la evaluación permanente del de mis criaturas. Estaría, sobre todo, muy preocupada por saber dónde podrían caerse muertos mis hijos. De qué puta mierda iban a vivir. Y yo volaría fuera del nido, más compulsivamente si cabe, para traer a casa pajas, miguitas e insectos diminutos.

Los que me quieren me dicen con todo su cariño: «Tú tienes que salir de esto», «Tú eres una mujer inteligente». Cuando veo que no puedo salir, que me sigo asfixiando y que en el pecho llevo clavada una araña —no, una araña es demasiado hermosa y suena a cristales traslúcidos–, es decir, en el pecho llevo clavada una garrapata o una uña, noto cómo toda mi inteligencia desaparece. Balbuceo. También se desvanecen las razones por las que realizo mis trabajos. Estoy defraudando a los míos.

Planifico mi agenda. No quedan huecos. Tengo una vida maravillosa. La semana que viene viajaré a París. Luego estaré en Formentor y pasearé por los jardines que en su momento pisaron Chaplin, Grace Kelly o Mrs. Christie. Saltaré el charco para ir a México y con Paola beberé mezcal mientras pruebo esos platillos que han sido declarados Patrimonio Intangible de la Humanidad. No entiendo la palabra *intangible* aplicada al guacamole. Atenderé a un montón de medios, diré lo que quiera, saldré en la tele. Hay y habrá pruebas documentales de esas aventuras. Mi sueño se ha cumplido. Espero no asfixiarme. Y poder dormir. No, no puedo enfermar.

¿Han probado a buscar las palabras exactas para describir ese dolor, convertido en síntoma, que ayuda a los médicos a diagnosticar? El médico te lo ruega: «Tienes que ayudarme.» A la vez tu mirada es una súplica y rebuscas dentro del baúl de palabras arrumbado en tu memoria. «Mi dolor es...» Nudo, corbata, pajarita, calambre, ausencia, hueco invertido, cucharada de aire, vacío de hacer al vacío, blanco metafísico, succión, opresión, mordisco de roedor, de pato, de comadreja, carga, mareo, ardor, el roce de un palo, una zarza ramificada dentro de mí, bola de pelusa, masticación de tierra, una piedra en la garganta o en la glotis o sobre un alvéolo, sabor a sangre y metales, estiramiento de las cuerdas de los músculos, electrocución, disnea, boca árida. Tengo tantas palabras que no puedo decir ninguna. Conozco bien el lenguaje y sus figuras retóricas. Pero soy tan imprecisa. No puedo explicarme y me da una taquicardia. Llego a las ciento sesenta pulsaciones. Miro al médico al fondo de los ojos con la desesperación de una muda. No hay mentiras ni metáforas para expresar mi dolor.

Juan insiste en verme. En prestarme dinero si hace falta. No sé de dónde saca tal idea, pero su generosidad me conmueve en la misma proporción que me disgusta. Está muy preocupado por mí y a la vez consigue que yo me preocupe. Está conmigo. Me ofrece dos contactos que responden a mi inquietud bicéfala. Puedo escoger entre sandías y melones. Me ofrece presentarme a su hermano traumatólogo y a Mariano, un psiquiatra, que durante una temporada combatió la obstinación de Juan por no tragar. Me ofrece un médico del cuerpo y un médico del espíritu, pero me advierte de que el médico del cuerpo es bastante bruto –como todos los traumatólogos– y el del espíritu no lo aborda nebulosamente sino en relación con su contexto. El espíritu del psiquiatra Mariano es como la forma del agua. El recipiente condiciona la morfología, la salud o la enfermedad de las ánimas. Entre el clavel y la rosa, su majestad es coja. El perfil profesional de Mariano está a punto de convencerme, pero su nombre me disuade. Soy extremadamente delicada para los asuntos onomásticos y no podría depositar mi confianza en un psiquiatra que se llama Mariano.

Después de tres meses sin contacto físico, nos encontramos con Juan en una terraza. Bebemos cerveza y vino blanco, y conversamos sobre la dificultad de creer que se sufre un problema psicológico que es a la vez un problema social. La intolerancia ideológica a las psicologías y los psicologismos. La intolerancia del gremio sanitario a que no todas las madres del cordero provengan de un asunto fisiológico y la obsesión de ciertos psiquiatras pesadamente freudianos por hablar de la familia: «Mariano no es de ésos.» Juan lo deja claro. Mariano, mis padres, mi marido y yo –la familia que me cuida y a la que cuido– somos materialistas. Sólo mi madre creyó en el espíritu santo durante una temporada hasta que se hizo del gremio de la salud y se casó con un ateo. Creer en el espíritu santo durante una temporada tampoco le causó ningún bien. Siguió siendo esencialmente pesimista. Mi madre y yo compartimos el gen de la infelicidad.

Hay cosas que me cuesta mucho asimilar. Por ejemplo, una melancolía tonta. La gente que se emociona a lo tonto. La locura, en mi casa, se relaciona necesariamente con una disfunción tiroidea. O quizá con la laxitud. Con el estar mano sobre mano y disponer de mucho tiempo para contar los azulejos que forman la cenefa de adorno de la cocina.

La confianza en mi propia fortaleza hoy me resulta devastadora. Sigo pensando que siempre puedo hacerlo mejor y que, si me caigo, es por mi culpa. Todo puede superarse con distancia, planificación y trabajo. Racionalidad, por favor, racionalidad. Soy escéptica ante el riesgo de no controlarlo todo y me compadezco de mí misma cuando no recuerdo los nombres como antes o pierdo la destreza aeróbica de subir los escalones de dos en dos. «Eso es un problema», Juan da un sorbito a su vino blanco.

Mi marido fuma ávidamente porque reconoce todas y cada una de mis palabras y, sin embargo, no está muy seguro de querer oírlas hiladas en un discurso. También él duda que este tipo de ejercicios que saca fuera lo que está dentro, que dota de una sintaxis a las imágenes dispersas, sea útil. Tal vez mi marido teme que hablar agudice mi mal, pero yo sigo explicando que sufro cuando siento que se me gasta la capacidad de trabajo imprescindible para la autoexplotación, porque en la autoexplotación reside el germen de mi felicidad. No tolero mostrar debilidades en público porque el público es siempre un enemigo. Me avergüenza pedir ayuda y quizá no haya sido una idea del todo buena quedar con Juan y mostrarme débil. Aunque hoy me he trabajado mi mejor aspecto. El pelo limpio, la boca pintada, las gafas de sol.

Pagar por que alguien me saque de ese pocito, pequeño y frívolo pocito, no deja de parecerme una inmoralidad. No sé si un numerario del OPUS se comportaría así. No sé si mi comportamiento podría calificarse de soberbia o es una resistencia premeditada hacia los libros de autoayuda, el pensamiento positivo y sus gurúes de los que, aunque me

64

niegue, soy una víctima. En algún momento dentro de mi cabeza se produjo la primera confusión. Pienso que soy endeble y a la vez mi fortaleza es titánica. Ya lo he dicho: no creo que exista en el mundo nadie más listo que yo al menos en los asuntos que se refieren a mí misma. No creo en ayúdame a caminar, necesito de ti, de tu aliento y tu voz. No creo en la osteopatía ni en los psicoterapeutas.

Soy española.

Cuánto me río con Juan.

Las enfermedades imaginarias nos postran de una manera ensimismada que destruye a los otros. Con desconsideración. Nos olvidamos del mundo y sus urgencias. Nos olvidamos de lo mucho que sufren los niños con cáncer. De sus cabecitas calvas, sus ojeras y sus vías. También se nos olvidan los niños que recogen pétalos de jazmín para llenar un cesto que jamás, nunca jamás, se colma. Se nos olvidan los niños que viven al ladito de nuestra casa y sólo comen dos platos y postre en el comedor escolar: lentejas, sardinas, naranja. Se nos olvidan egoístamente. O a lo mejor es que las urgencias se nos han clavado como una astilla y forman una corriente infecciosa dentro de nuestro flujo sanguíneo. A lo mejor es que nos hemos convertido en víctimas pero, de momento, no queremos entrar en guerra con esos compañeros de viaje que, si pudiesen, nos sacarían los ojos con una cucharilla de café. Estamos exhaustas. Qué hijas de puta somos las enfermas imaginarias.

Echo cuentas. Hemos pagado por completo la hipoteca de la casa. No tenemos cargas familiares más allá de nuestra propia carga. La del uno y la del otro. Pagamos setenta euros mensuales de teléfono y conexiones a internet porque hemos conseguido una oferta maravillosa. La cuota de nuestra comunidad es de cuarenta y ocho euros mensuales a los que hay que sumar unos treinta euros de agua. La factura de la luz son aproximadamente cuarenta euros al mes. El gas nos cuesta unos cien euros mensuales en invierno. Yo pago una cuota de autónomos de casi cuatrocientos euros y, con el paro consumido, mi marido paga una de casi trescientos. Comemos pescado y verdura. No comemos carnes procesadas ni embutidos ni bollería industrial porque tenemos el colesterol alto. Nuestra cesta de la compra no es barata. Tal vez ascienda a cuatrocientos euros al mes. Mi marido fuma y el tabaco es caro. Pago cuotas de asociaciones y de partidos políticos. De fundaciones para la recuperación de la memoria histórica. Compro kleenex cada vez que un pobre me los ofrece por la calle. E, inexcusablemente, echo monedas en las gorritas de los músicos callejeros. Es verdad que no compro libros: me los regalan. Pero nos gusta ir al cine y comer de vez en cuando en buenos restaurantes. El nivel de vida de nuestros amigos está por encima del nuestro. Casi todos nuestros amigos son profesionales muy especializados que ostentan puestos importantes en empresas públicas y privadas. A veces prestamos, a fondo perdido, dinero a familiares que lo están pasando peor que nosotros. Últimamente acudo a un fisioterapeuta que me cobra ciento ochenta euros por cada cinco sesiones de tratamiento manual. Tenemos algo ahorrado. Éstos son algunos de nuestros gastos.

Nuestros ingresos provienen de: distintas colaboraciones en prensa, no fijas, que oscilan entre los cincuenta y los trescientos euros brutos por pieza; clases en distintos centros de enseñanza reglada o no reglada; conferencias por las que a veces pagan mil euros y a veces no pagan absolutamente nada; anticipos de textos de creación que nunca son demasiado jugosos; derechos de autor que a veces existen y a veces no; participación en jurados literarios... Se multiplican los trabajos y, como en el estilo, se funden el fondo y la forma, las enumeraciones del mío no son para mí un procedimiento manierista, sino una necesidad. La precariedad se expresa con la fractura y la brevedad sintáctica y, mientras tanto, se acumulan, se enumeran, se amontonan las palabras porque hay que sumar cien acciones para conseguir un solo fin. Todo está siempre en el aire. Algunas proposiciones son sintomáticas de todo esto que quiero decir: una revista me pide cincuenta y ocho textos en un año por los que va a pagarme mil doscientos euros brutos en total. Los hijos de los camareros, de los mecánicos, de los campesinos, incluso los hijos de los profesionales liberales de primera generación, somos el proletariado de la letra. Lejos quedaron los tiempos en que la cultura era un elemento de desclasamiento positivo. Estajanovismo puro. Oigo los ruidos machacones de las máquinas y veo a Chaplin ajustando las tuercas de la cadena de montaje y los botones de las mujeres. La vida consiste en trabajar todo el día y culparse por esos momentos en que no se está trabajando. Hay una desproporción, un inmenso desajuste entre esfuerzo y remuneración que me obliga a multiplicar el número de mis trabajos para poder mantener mi nivelito de vida. A todo tengo que decir que sí por el miedo a que no cuenten conmigo la próxima vez y porque echo cuentas y adivino que la línea contenida entre el eje de abscisas y ordenadas de nuestra economía descenderá inexorablemente hasta colocarse a bajo cero.

Mi dentro siempre ha sido mi fuera, y mi espíritu, mi carne. Profeso esa fe y ésa es mi religión.

Mi dolor es una letra que se escribe cuando tengo miedo de no poder pagar las facturas o subvencionarme una vejez sin olor a vieja. Creo que esta confesión es absolutamente impúdica pero fundamental.

Recibo el encargo de escribir un cuento. Lo escribo. Lo publica la editorial Demipage dentro de una colección de relatos sobre las drogas. Vivo en un círculo vicioso. No se puede pedir de mí mayor honestidad.

Buscamos una amapola que no se marchite
Marta Sanz

1. En la estación de Águilas me hago una foto de los pies mientras aguardo el autobús de línea que me llevará a Almería. Allí esperaré dos horas para coger el autobús que sale hacia Málaga a las cuatro de la tarde. Cuando llegue a Málaga, un taxi me transportará hasta San Roque, donde mañana daré una charla sobre el amor. El taxista me señalará con el dedo los hoteles de cinco estrellas que jalonan la carretera que recorre Marbella, Estepona, Ojén. Me desvelará un secreto: «Yo fui chófer de la primera mujer de Mario Conde. Un lujo de persona. Una belleza.» Yo me acordaré de que aquella dama afortunada murió de cáncer prematuramente. Pasaré la noche en un hotel de cinco estrellas con un precioso jardín. Detrás del jardín, se sitúa una de las bahías más contaminadas de España. Chimeneas de Petronor. O de Camp-

sa. Submarinos radiactivos. Al fondo, el peñón de Gibraltar y sus monos locos. Por la noche, dentro de la cama, notaré una extraña vibración en la barriga. Y abriré los ojos como platos. Desayunaré pan con aceite. En cuanto acabe mi charla en San Roque, otro taxista me llevará de vuelta a Málaga. No sé si prefiero que sea otro taxista o el mismo taxista. No sé si prefiero la falsa confianza que se ha forjado en el viaje de ida o el esfuerzo que requiere conversar con un desconocido con el que repetir los lugares comunes del día anterior. O hablar de política: «Hay demasiados funcionarios», «Los rojos mataban curas», «El que no trabaja es porque no quiere». En Málaga comeré, esperaré, beberé una cerveza y tomaré el autobús hacia Almería, donde tendré que dejar pasar otras dos horas para coger el autobús que me devolverá a Águilas. A partir de las siete de la tarde la estación de Almería se irá llenando de personas que no quiero ver. Personas que me harán sentirme demasiado blanca, demasiado limpia, incluso demasiado rica. El último sentimiento es un auténtico delirio. O una expresión de la culpa. Llegaré a las diez y media de la noche al mismo lugar donde hoy espero. Vendrán a recogerme y mi padre se asustará mucho al no encontrarme dentro del autobús procedente de Cartagena. Yo procedo de Almería. Una vez superado el disgusto, nos iremos a la feria y yo me subiré en el cangurito feliz.

2. Antes de emprender mi periplo, en la estación de Águilas, me hago una foto de los pies. Adjunto documento gráfico. Llevo unas manoletinas color de rosa. Parecen inofensivas, pero me hacen rozaduras. Hay una mancha de grasa sobre el pavimento. Sobre la tela del pantalón se ha posado una mosca atontolinada de calor. Somnolienta. Yo, para dormir por las noches, tomo lorazepam.

Pies

3. Estoy en la estación de autobuses de Águilas previendo lo cansada que regresaré mañana. Aún no sé que, al día siguiente, iré a la feria ni que cenaré patatas con ajo. El viaje es una paliza y, además, yo nunca puedo dormir la primera noche en una habitación de hotel. Menos en una sometida a emanaciones radiactivas de toda índole. He generado cierta resistencia a los hipnóticos, a los relajantes musculares, a los somníferos. Pero nunca, bajo ningún concepto, tomo más de uno al día. Tampoco dejo ni un solo día de tomarlos.

4. En la estación de autobuses de Águilas a un señor le suena el móvil. El tono de llamada es el himno nacional. Es un himno sin letra, pero a las personas de varias generaciones unos versos nos empastan el oído: «Viva España, alzad los brazos hijos del pueblo español que vuelve a resurgir.» Pemán. Man. Los antiguos libros de texto. Una señora pasa por detrás de un autobús justo cuando el vehículo da marcha atrás. Está a punto de atropellarla. Alguien ahoga un grito dentro de la saliva de la boca. La señora que ha estado a punto de morir aplastada bajo las ruedas de un autobús no se inmuta. Sigue cruzando las dársenas. Como si tal cosa. Dudo si padece una pertinaz sordera o un exceso de orgullo. A mi lado otra señora le dice a su marido: «Tengo que ir al ginecólogo.» La miro. La huelo. La peso. La mido. Le calculo la edad. Todo de reojo. De un reojo negro. Debe de ir a consulta por algo malo porque la señora ha sobrepasado la edad ginecológica. La pareja calla. Después, ella añade: «Vaya cuerpo que tienen las negras.» Empieza a hacer bastante calor. Se nos comen las moscas.

5. El padre de Heath Ledger acaba de declarar que su hijo es el culpable de todo. Mezcló oxicodona, hidrocodona, diazepam y doxilamina. Virgen santa. Supongo que llega un momento en que nada funciona y tenemos que ponernos la bata blanca y combinar líquidos de distintos matraces. Buscamos una amapola que no se marchite. Pasar, un rato, inadvertidos. Yo y Heath Ledger. Sobre todo, Heath

73

Ledger. Yo, cuando duermo bien, me levanto cantando. Canto a Las Grecas. A Shakira y Alejandro Sanz. A los Tahúres Zurdos. «Presiento que dentro aún quedan restos de oscuridad, quiero que entres túuuuuu y que me inunde la luuuuz. Que entre la luz, que me inunde y que funda este hielo que me cubre.» Me invento la letra, pero le pongo entusiasmo. Quiero ser enorme e hisperestésicamente feliz. Cuando duermo mal, de noche, pienso en la muerte y en las cosas más turbias de la vida. No hay luz ni funcionan las linternas de los móviles. Me levanto con dolores en los huesos. La boca agria. No tengo ninguna gana de hablar. Me pesan estas carpetas. Todo este trabajo.

6. En la estación de Águilas me entran muchísimas ganas de hacer pis. Dejo de fotografiarme los pies y me dirijo a un cubículo que una mujer friega con agua y lejía. «¿Adónde va usted, señora?», la fregona me observa con cara de comandante de algún cuerpo de seguridad del Estado. Le doy asquito. «¿Los aseos, por favor?», mi voz, como huevo hilado, es un resto de la infancia que se enquista en mis cuerdas vocales. De niña dormía con la luz dada. Miraba dentro del armario. Me despertaba cualquier ruido. Me daban leche caliente con azúcar. «Al fondo.» En el váter relimpio no hay papel. La puerta no tiene pestillo. Mi pis humea al entrar en contacto con la lejía que higieniza el fondo del inodoro. Me aparto bruscamente para que sus vapores no me hieran. No quiero que nada me reseque la flor. Me desertice las

mucosas y la flora intestinal. Todo, todo huele a ese penetrante olor a limpio que asesina a los afectados por el síndrome de sensibilidad química. Al salir del retrete, la mujer me ignora. Mientras habla por su móvil, su tono también es desabrido. A veces me pregunto cómo puedo sobrellevar estos pesos. Estas desatenciones. Estas puntas. Aunque casi todo podría ser mucho peor. Por la megafonía de la estación de autobuses de Águilas –adjunto documento gráfico–, anuncian que el autobús con destino a Almería, procedente de Cartagena, sufre un considerable retraso. Me arde un poquito el estómago cuando pienso que tal vez no llegue a tiempo para transbordar hacia Málaga. Necesito el dinero que me pagarán por el curso. Me pongo un poquito nerviosa, pero nadie se da cuenta. Transmito calma y tranquilidad.

La estación de autobuses de Águilas

75

7. Sé muy bien que el lorazepam en dosis masivas puede causar la muerte. Conozco el caso de la niña Asunta, anestesiada, semimuerta, por la versión lujosa, la máscara no genérica del medicamento: Orfidal. El asesinato espectacular de la crónica de sucesos necesita de una marca. La crónica de sucesos actúa a menudo como una pastillita. Yo escucho «Orfidal» y veo orquídeas negras y blancas, orquidal, orquitis, testículos abultados, proteína pura, yema, un orfeón de xilófonos, cuando escucho «Orfidal» veo a Orfeo que rescata a Eurídice del infierno, la primavera para siempre secuestrada y, por fin, Morfeo que nos acoge en su regazo y nos acuna mientras a los pacientes se nos cae un hilillo de baba entre las comisuras. No dormir es mortífero, y que las brujas te den una manzana envenenada también. La madrastra inyecta una dosis masiva de Orfidal en una manzana roja. Asunta se la come y se desmadeja su pequeño y fibroso cuerpo chino superdotado. Sus ganas de vivir en cada movimiento. Todas sus sinapsis cerebrales que se mantienen encendidas incluso de madrugada y no la dejan dormir por un exceso de vatios e incandescencia. Sé que consumo una medicina que puede matar. No me disgusta la idea de dominar estos pesos y estas medidas.

8. Me acuerdo de mi suegro, que después de haber ingerido una pastilla para dormir mejor se levantaba sonámbulo de la cama. No reconocía a su mujer, que lo agarraba del brazo y lo volvía a acostar. Exis-

ten naturalezas muy sensibles a los efectos de los medicamentos. Y viejos nerviosos inmunes a una sobredosis. Por lo demás, mi suegro estaba bien de salud. Yo creo que el miedo a la muerte lo llevó a querer morirse. Contó con los dedos los años que tenía. Y se murió. Fulminantemente. Yo lo entendí porque sé muy bien en qué negros pensamientos deriva el insomnio. La incapacidad para afrontar los problemas. El exceso de trabajo. El exceso de tiempo. El lorazepam es una droga familiar. Hereditaria. Lo tomaba mi suegro, mi abuelo, mi madre. Lo tomo yo, que, hija única, noto que cada vez tengo más hermanos. Me pregunto si se trata de un problema genético o ambiental. Materia o historia. Las dos grandes palabras en triste conjunción.

9. En el autobús de la línea Águilas-Almería una mujer paga su billete con monedas de diez céntimos. Va vestida de negro de pies a cabeza. No habla español y sonríe cuando no entiende las palabras que le dedica el conductor: «Como me pagues así, vamos a estar aquí hasta mañana, reina mora.» Me la imagino pidiendo monedas entre las sillas de una terraza con su vasito de plástico. Ella lo mira como el perro que no entiende las instrucciones de su amo pero quiere ser complaciente y finge que sí, que sí, que sí. El autobús arranca y es precioso el paisaje. Los barrancos. Vera. Los campos de Níjar. Yo me fijo en lo que se queda por dentro de los cristales irrompibles: en las plazas 3 y 4 dos chicas revisan sus fotos en el móvil, beben Coca-Cola, co-

men chuches. Incluyo foto tomada a traición. Soy una mujer con una apariencia serena. Pero bendigo al científico que inventó la anestesia, el lorazepam y las pastillas somníferas.

Interior autobús. En ruta

10. Hace unos meses, al entrar en la consulta del ambulatorio, el corazón me late a ciento cincuenta pulsaciones por minuto. Me tienen que dar los resultados de unas pruebas. No puedo dormir. La médica me ve muy nerviosa y me receta tres lorazepames al día. Me recomienda que, si me siento muy mal, me coloque uno debajo de la lengua. «Sabe amarguísimo pero es mano de santo.» Me pregunta si trabajo y si viajo mucho, yo le digo que sí. Revisa mi breve y reciente historial médico: «Veo que has dejado de fumar.» Por una vez me siento ufana frente a un doctor. He hecho algo correcto y saludable. Algo que exige un sacrificio. Ergo, soy moralmente buena. No castigo a mi cuerpecillo, aun-

que me castigue a mí misma. He dejado de fumar. La médica me interroga: «¿Por qué?» Era la única pregunta que no me esperaba. Debo pensarla despacio. Respondo con la verdad: «Tenía miedo.» La médica me contempla con cara de guasa: «¡Ah!» Prosigue: «Yo fumo. ¿Sabes por qué?» Niego con la cabeza. «Yo no tengo miedo.» La felicito. La médica nos quita el miedo a muchas mujeres. A cada vez más mujeres. Y hombres, también. Cada vez más gente se muerde las uñas y cena yogures. Y se asfixia porque tiene mucho trabajo. O ninguno. Nunca tomo los tres lorazepames que la médica me prescribe. Sólo uno por la noche para poder dormir. Al principio duermo y sufro extrañas pesadillas. Orquídeas negras y blancas. Mosquitos que flotan sobre la superficie del agua contenida en un tonel. Al principio duermo, pero enseguida me acostumbro. Lo sigo tomando porque creo que, si lo dejara, sería peor. A veces pienso que el efecto del lorazepam me emborrona los días. Como el aceite que impregna poco a poco un papel absorbente. Como la tinta que tiñe poco a poco un barril de agua. Otras veces pienso que, en realidad, el fármaco actúa como un linimento que alivia las quemaduras.

11. En el bar de la estación de autobuses de Almería pido una caña. A mi lado, un hombre me pregunta si me llamo Ana. «Claro, Ana.» Me muestra su móvil. Quiere borrar un mensaje y no sabe. Yo no me atrevo a manipular su teléfono. Le digo: «Sube,

baja, así, encima, aquí, no, aprieta en el centro.» Me oigo y me callo inmediatamente. El hombre está muy borracho, pero al final entre los dos logramos borrar el mensaje que tanto le molesta. Lo remite una compañía de telefonía móvil. «¿Eres arqueóloga?» Le digo que sí, que de toda la vida. El hombre sonríe, mira mi maletín de cuero, se va al váter. Yo cojo mi maletita y me deslizo sigilosamente hacia la puerta. Desaparezco de su vida. Soy una mujer sola en una estación de autobuses. Tengo casi cincuenta años. Ojos en el cogote. Y en el culo. Se me pegan los raros y los delincuentes. Los irremediables alcohólicos. Camino como los gatos cautos de los dibujos animados. Me desplazo por la estación pegada a las paredes. No hay solución. Sigue siendo una aventura ser mujer y viajar sola. Que Dios y Almería, Andalucía, España me perdonen: sigue siendo una aventura ser mujer y viajar sola. Sobre todo, por el tercer mundo. «Sí, sí, claro que soy arqueóloga.» Sigue siendo una aventura —no un anuncio de compresas— ser mujer en el tercer mundo y en el primero y en el segundo, que no sé dónde se encuentra pero es el mío. Purgatorio del lorazepam. Duermevela. Universo interpuesto. Veladura. El lorazepam es una droga triste.

12. Me escondo detrás de los libros cuando no quiero ser encontrada. Joan Medford toma talidomida como sedante en *La camarera,* novela póstuma de James M. Cain. Puede que Joan haya asesinado con talidomida a alguno de sus amantes. Dios, por

supuesto, le impone un correctivo: Joan Medford se queda embarazada y, cuando acaba la novela, ella aún no sabe que deberá criar a una hijita que nacerá sin piernas y se deslizará sobre un carrito por las baldosas pulidas de su mansión. Yo, en la estación de Almería, conservo mis propias piernas que fotografío desde un ángulo amorfo y desconcertante. Incluyo un estremecedor testimonio gráfico. La misma droga seda, mata, alivia, amputa.

Foto pies estación de Almería

13. Sigo mi viaje y mañana, de vuelta, en el autobús que recorre de noche el trayecto que separa Los Lobos de San Juan de los Terreros, al menos tres murciélagos chocan contra el parabrisas. Voy sola en el autobús con un conductor muy joven que se detiene en paradas donde no sube nadie y a veces pisa el acelerador. Se lo agradezco, porque estoy deseando volver a casa. Los murciélagos chocan contra el parabrisas y el chico me dice: «Todas las noches lo mismo.» Me aclara: «Son murciélagos.» Calla y vuelve a hablarme: «Porque es de noche y no pueden ser pájaros, ¿verdad?» Frunzo la boca y me trago las respuestas. El conductor es un niño que quiere que le diga que los perros tiesos de las cunetas están dormidos. Me gustaría consolarlo: «Ea, ea, ya pasó, ya pasó.» Ea, no hay enfermedad ni muerte ni catástrofes ni especuladores ni monstruos. No hay mujeres que friegan los váteres con lejía por trescientos euros al mes. Yo vuelvo de ganarme un jornal. Ea, chaval, tómate una pastilla. Ya pasó, ya pasó. Pero yo tengo el ojo sucio y sé que hay especies de pájaros nocturnos. Acaparo un montón de trabajo. Duermo mal.

Hablo con mi marido de todos estos asuntos. Él procura leer con naturalidad mis cuentos y me dice: «¡Qué gracia! ¡Arqueóloga!» Nos comunicamos, pero sé que en el fondo no se ríe nada y no se conforma con la posibilidad de que las cosas que escribo scan ciertas. No sé si comunicarse es una actividad salubre. Él me calma. Después, cuando me quedo callada, no puede evitar formularme un montón de preguntas: «¿Estás bien?», «¿Es igual que ayer el dolor?», «¿Te duele más o te duele menos que hace un rato?». Las preguntas de mi marido me impiden olvidar. Me obligan a volver a escucharme. Hasta el más mínimo pitido del pulmón. A veces me gustaría echarle la culpa. Pero no puedo. Porque el dolor está realmente ahí incluso cuando yo finjo dejar de sentirlo.

Aparecen regiones de mi ser que antes no existían. La garrapata. La cabeza de alfiler. La rozadura. Recorro con el dedo la zona que va desde la garganta hasta el esternón como si tocase las válvulas de un instrumento de viento. Un fagot. Un clarinete. Me duele, y este daño no se alivia con fármacos para combatir la depresión o el insomnio. No es mi vida la que me hace infeliz. Es la oscuridad de mi cuerpo.

Vivo dentro de una paradoja. Pienso que soy muy cruel al exponer a quienes amo a la vista de todos. Es un acto de maldad, una expiación que no me purifica y en la que ellos me demuestran la magnitud de su amor al tolerármelo todo sin hacerme reproches. A la vez, si usara la distancia y sus estrategias para reconvertir en ajeno algo que no lo es, me sentiría cobarde y puede que en esa manipulación infligiera al prójimo el dolor de ser y no ser, de reconocerse y no reconocerse al mismo tiempo. La duda mortificaría a los que amo y tendría forma de casco protector para mí.

Para quienes experimentamos la pulsión de la escritura, los dos caminos —la biología y la cosmética— están errados. No me preocupan las piedras del camino por el que no paseo últimamente, sino el dolor de la indagación impúdica. La sinceridad, la honestidad, la autenticidad forman parte del campo semántico de las malas acciones. Como la confesión, las delaciones, la denuncia y el chivatazo.

Dejo a los viejos y a los niños desnudos delante de un espejo para que reconozcan sus máculas. En un conato de violación ininterrumpida, los fuerzo a que se queden desnudos como yo. Les arranco la ropa. Ando buscando nuestra inmensa belleza entre este contubernio de palabras gratamente blasfemas y lenguaje corporal. La encuentro.

El dolor me afea la letra. Coloniza el cerebro sin dejar espacio para nada más. Me deja en vigilia y, a la vez, idiotizada. El dolor me afea la letra y súbitamente me enfado mucho conmigo misma al hacerme consciente de que escribo como si de verdad fuese una hipocondríaca. Asumo el discurso de los hipocondríacos y me ciño a la mirada de lo que los demás esperan de mí. Pero hoy me rebelo. No soy una hipocondríaca. No estoy deprimida. Tengo un dolor. Una enfermedad. Lo reivindico. Me quejo.

Han debido de notármelo en la cara. Me encargan un trabajo que podría definirse como la inversión demoníaca del mal que me aqueja. Me proponen ser la *curadora* de un libro sobre remedios literarios. Curadora es la persona que está al cuidado. Se trata de *The Novel Cure*, un texto escrito en inglés que en sus adaptaciones a distintas lenguas requiere la atención de una escritora –o de un escritor– que redacte un prólogo y algunas entradas a propósito de obras sanadoras escritas en la lengua a la que se traduce el original. La tesis es que la literatura cura los catarros, las congestiones cerebrales o la esquizofrenia. Es un juego que se vuelca en el lado amable, en las posibles repercusiones beneficiosas de la lectura literaria. Las novelas son emplastos porosos, mostaza en el pecho, tisanas, infusiones, el caldito de pollo de mi abuela Rufi. A mí, sin embargo, me gustan los libros que producen orzuelos. Los que abren estigmas en las palmas de las manos. Los que aprietan la garganta y nos cortan la respiración.

Esto es una burla.

Pero, como siempre, no creo que pueda permitirme el lujo de decir que no.

Me encuentro en tal estado que mi madre no puede ayudarme por mucho que se esfuerce. Ella adopta una actitud positiva para la que se está esforzando mucho. Porque, como ya he dicho, compartimos el gen de la infelicidad aunque lo tengamos todo para ser felices. La conozco bien. Somos malcontentas, y mi madre, casi sobrehumanamente y por amor, busca razones: menopausia, enfisema, la insuficiencia coronaria de mi abuela o las extrañas dolencias del corazón que acabaron con mis tíos abuelos y tías abuelas a edades tempranas. Treinta, cuarenta años. Mi madre piensa en los flatos y en los dolores del reuma, en la celiaquía y el hipertiroidismo. «A lo mejor tienes los ojos un poquito salidos de sus órbitas.» Mi madre parece conocer todas las razones posibles para la asfixia y las punzadas torácicas. Pero no quiere pensar conmigo en otros catalizadores de la angustia. En todas esas cosas que no se pueden arreglar.

El dolor no es íntimo. Es un calambre público que se refleja en el modo en que los otros, los que más quieres, tienen de mirarte. Todo el mundo te encuentra mala cara, y la convicción de que todo el mundo se fije en la estría de la ojera, el color cetrino de la piel, la mueca amarga en la boca acentúa cada rasgo. El apocamiento y la curva cada vez más pronunciada de la columna. Los amigos ayudan mucho. Dicen: «Yo también pasé por esto», «Tuvieron que ingresarme», «Seguro que no es nada», «Agorafobia», «Hay que descartar lo físico», «No se te ocurra probar los ansiolíticos», «La hipocondría es un síntoma de la depresión», «Trabajas demasiado», «¿No estarás exagerando un poco?», «Toma pastillas para dormir. No puedes seguir sin dormir», «Será la menopausia», «No te dejes hacer esa prueba en la que te hielan el corazón», «Conozco a un psiquiatra», «Tienes muchas ojeras», «Pasará», «Me preocupas», «Estoy contigo».

Por la calle me encuentro con Javier, y cuando me pregunta cómo estoy, noto que de golpe me he hecho muchísimo más pequeña y enclenque. La piel se me resquebraja en su presencia por efecto de la luz como un papel quemado. Por la mañana, me he teñido el pelo de negro y los rastros del tinte salen del cuero cabelludo y me manchan la frente y las sienes. Recuerdo al protagonista de *Muerte en Venecia* que se descompone lentamente en la playa. Tengo muchísimas ganas de desaparecer.

Mi marido me pregunta: «¿Te duele?» Y aunque ese día, ese preciso instante, sea un poco más benigno que de costumbre, yo le respondo: «Me duele mucho.» Me gusta ver cómo se entristece y se desmorona conmigo. Cómo se duele en mi dolor. Creo que no es bueno acostumbrarse a una felicidad excesiva. Animarse demasiado. Luego me siento mala y me alivio en mis malos sentimientos. Me desvío de la cuestión central porque, en el fondo, no puedo olvidarme de que el dolor persiste. Y si se ha ido, puede volver a aparecer en cualquier momento.

El médico de cabecera me remite al ginecólogo, al neumólogo, al cardiólogo, al reumatólogo. Me hacen muchas pruebas que yo después aprovecharé para escribir libros, por ejemplo, éste. Me hacen un análisis de sangre, una citología, una mamografía, una placa de tórax, una espirometría, un electrocardiograma, una prueba de esfuerzo, un ecocardiograma, más análisis de sangre, una densitometría. Voy a las consultas y me sonrío pensando en lo caras que le salimos las locas a la seguridad social.

A veces me pregunto si es primero la gallina o el huevo. Me entra la duda cartesiana de no saber si primero vino la pena y después la pena se somatizó en mis costillas, o mis costillas y sus aguijones hicieron que la pena se transformase en algo que está a punto de ser patológico. Pienso en el significado de las palabras *endógeno* y *exógeno*, y encuentro sus concomitancias y sus siete diferencias: no es lo mismo no poder pagar un alquiler, darles a tus hijos leche rebajada con agua, que sentir la carencia en el cerebro de una sustancia que, por ejemplo, nos ayude a atenuar cotidianamente el sentimiento trágico de la vida. Pienso que tengo derecho a ciertas enfermedades. Me las he ganado a pulso. Porque el mundo es casi siempre una mierda y cuesta un esfuerzo hercúleo tirar del carro.

Incurro en la ingenuidad de creer que puedo elegir ideológicamente el origen de mi dolor. Si es un dolor del cuerpo o un dolor del alma o una típica interacción entre lo uno y lo otro que está condicionada desde un punto de vista socioeconómico por la presión de la crisis. Así de claro. Creo que puedo elegir ideológicamente el origen de mi dolor y sopeso los pros y los contras en una balanza que tiene como fiel el capitalismo. Si mi dolor es físico, en el platillo de mi balanza están: las industrias farmacéuticas, la posibilidad de un seguro médico privado ante la lentitud de lo público, sesiones de fisioterapia, aparatos ortopédicos, analgésicos, el lujo de una cesta de la compra concebida para el régimen lipídico y la vida sana. Si mi dolor es del alma, sobre el platillo de la balanza se depositan: la minuta del psicólogo, las pastillas que te receta el psiquiatra, la aromaterapia, el yoga, el rooibos y las hierbas para dormir, el equipo de *running* de Decathlon, el darse caprichos, un viaje caro, quizá un crucero... Sopeso los platillos de mi balanza y me doy cuenta de que estoy ideológicamente muy perdida.

No me encierro en casa. Supero los síntomas de una hipotética agorafobia. Quedo con la gente y todas las conversaciones versan sobre lo mismo. Mi malestar. No sé si exteriorizar mi malestar me conviene o, por el contrario, me encierra dentro de un círculo vicioso. Mientras dudo, descubro que casi todo el mundo ha pasado por lo mismo que yo: Juan, Nuria, Verónica, José, Mercedes, Mabel... Echo la cuenta y me salen más mujeres. No creo que sea una cuestión de debilidad, sino de incremento de la presión.

Somos tantas las locas. Tantas. Natalia se queda embarazada y pare a un hijo precioso. Le ponen una lavativa, le aprietan el vientre, le hacen una episiotomía, le dan puntos. Lo normal. Después empiezan a llegar dolores que van de la ingle hacia el muslo y, más tarde, la parálisis parcial de la pierna. Natalia pasa por un calvario y por un rosario de médicos que no le encuentran nada. «Depresión posparto.» «Ansiedad.» «No aguantáis nada.» Natalia se encuentra cada vez peor. Le recetan ansiolíticos. Pero ella no se los toma porque sabe que no está nerviosa. Reivindica que está enferma. Durante un año, dos años, tres años. Natalia es una mujer bienhumorada que imparte sus clases en la universidad con la pierna a rastras. Vuelve al médico y se produce un milagro. Por fin, le dicen: «Está usted enferma.» Natalia está en un estado precanceroso por infección. Cosieron mal el corte de su episiotomía y se dejaron dentro una hilacha de venda. «Los ansiolíticos podrían haber encubierto los síntomas. Podrías haber muerto.» Natalia mira las pastillas con la misma renuencia que la primera vez. Se siente orgullosa de sí misma porque muchas veces estuvo a punto de rasgar el blíster y sacar una pastillita. Apaciguar el animal del dolor. Calmarse. No ir contra el mundo. Fluir a favor de la corriente. Natalia pasa por el quirófano. Tiene secuelas. Pero ahora está feliz porque sabe que ni estaba loca ni era floja ni estaba equivocada. Se ha quedado de nuevo embarazada y ha dado a luz a una niña.

Nietzsche afirmó que no existe dolor más intenso que el referido por una señorita burguesa bien alimentada y bien educada. Cultita. No recuerdo exactamente si hablaba de un «dolor referido» o de un «dolor sentido». La diferencia es muy interesante. Referir un dolor. Sentirlo. La posibilidad de que el dolor se apacigüe –o se agigante– si se cuenta. No saberlo explicar. Dudar de si lo que no se puede explicar de verdad existe. Experimentar la impotencia cuando se está en posesión de un gran capital de palabras que no te sirven para nada. Descender de golpe doscientos puestos en el escalafón.

Nietzsche afirmó que no existe dolor más intenso que el de una señorita burguesa europea. O europeizada como las protagonistas femeninas de Edith Wharton o Henry James. Para estas mujeres es terrible pincharse la yema del dedo con un alfiler y observar cómo la gota de sangre engorda sobre la blancura del pulpejo. Luego, aunque contraten los servicios de un ama de cría y de una institutriz si sus rentas se lo permiten, son esas mujeres las que paren a los hijos de la clase dominante. Sin anestesia. Entre gritos. Sin gritar. A veces mueren.

Nietzsche afirmó que no existe dolor más intenso que. Reflexionaba sobre el umbral del dolor y, pese a huir de la moral judeocristiana, se mostró como un misógino y un firme partidario de la continencia y la resignación. Quizá yo podría cuadrar perfectamente en las hipótesis de Nietzsche. No he querido tener hijos porque duelen. Sin embargo, el señor Nietzsche debería haber conocido a Natalia. Y puede que también hubiera debido conocer a Silvia y a Isabel.

Cuando yo era pequeña mi madre me hacía una recriminación: «Siempre estás con la boca abierta.» Abría la boca cuando me cortaba con el filo del vidrio que protegía un cuadro. Cuando me clavaba una chincheta en la barbilla. Cuando me ponían una inyección o me sacaban sangre. Cuando me hacía un corte en la pierna con los hierros oxidados de un carro viejo –era gris azulado– y me ponían la antitetánica. «Sólo es el recordatorio», me consolaban. Como si el recordatorio doliese menos. Abría la boca cuando me despellejaba las rodillas contra el pavimento del patio del colegio. Cuando se me movía un diente y me lo arrancaban con un hilito. Cuando no podía hacer caca. Cuando me daba un golpe y comprobaba con mis propios ojos cómo la vena se rompía y la carne se iba amoratando. Cuando me quemaba con la punta de un cigarrillo o con un utensilio de cocina. Cuando me saltaba la grasa del beicon en el antebrazo. Cuando me sangraba un padrastro. Cuando me dolían los oídos a causa de una otitis o me salía una llaga en la boca. Cuando me rompía los dedos jugando al balonmano. Cuando se me infectaba una picadura. Cuando pasaba miedo por las noches. Cuando tenía frío.

Hoy he decidido no volver a abrir la boca. Disimular los dolores. Contestar sólo si me preguntan. Atenuar la intensidad del picotazo del águila o la succión de la garrapata. Los reflejos del dolor hacia arriba y hacia abajo. Hacia la izquierda o la derecha. Ser la mujer resignada que nunca fui y que nunca quise ser. No lo consigo. Me lo notan. Pero esta vez no es a propósito.

Escritores que nadan y escritores que corren. También escritoras. Yo ahora, cuando camino, sólo barrunto en qué momento me voy a desmayar. Noto cómo se va acumulando la presión en torno a un lugar muy preciso de mi cuerpo desde el que el dolor se irradia hasta desdibujar su origen. Dolores referidos. Soy un barómetro de mí misma. Me corto con el filo de mis huesos. Resoplo y, mientras tanto, siguiendo el tópico del escritor y la escritora alcoholizados –Lowry, Duras–, bebo más que nunca. Desmesuradamente. Engullo una copa de vino blanco para aliviarme. Luego otra y otra. Y tengo más sed. Encuentro el alivio y la relajación de los nervios. La laxitud. Pierdo el miedo a morir. O no me importa. Me entra la risa. A mi marido no le parece mal que beba. Le gusta que, durante un rato, descanse de mi mueca triste. Que se me enciendan los ojos. Mi marido necesita verme sonreír.

En casa, me concentro para localizar el punto del dolor. Miro la tele, pero no estoy mirando nada. Sólo me miro las zonas internas, oscuras, con un periscopio que me nace de la frente y hace prospecciones. Ahondo desde la piel hacia adentro. Mi mal puede habitar en la musculatura, en la tráquea, la garganta, el esófago, el hueso de la clavícula. El sistema nervioso central. Mi marido me llama y yo salgo del letargo. Del sueño de mi enfermedad y de mis dudas. Él casi me vapulea: «Pero ¿en qué estabas pensando?» No respondo. Soy una mujer ensimismada. Sin duda estoy enferma, pero sigo sin saber de qué.

No sé si es la inmovilidad o el exceso de trabajo lo que provoca la eclosión de los síntomas. Antes siempre me ponía enferma –el catarro anual, una bronquitis– cuando llegaban las vacaciones. El reposo distendía mis músculos y difuminaba la coraza de mis defensas. Ahora no sé si la eclosión de los síntomas inhibe mi capacidad de trabajar y desencadena una inmovilidad donde los síntomas se agrandan. Les presto mucha atención. No sé si es sano interiorizar la idea de que el trabajo entretiene. Amortigua el dolor y no sólo es necesario para ganar dinero, poder visitar a los doctores, alcanzar una vejez digna.

Me preparo para la espirometría. Uno de mis tres o cuatro –ya he perdido la cuenta– médicos de cabecera, el que parece de plástico, me dice: «Sopla globos.» Me aclara que es para aumentar la capacidad respiratoria. «Sopla globos», me recomienda. «Si no lo haces, los seis segundos del soplido, se pueden convertir en los seis segundos más largos de tu vida.» Salgo aterrada de la consulta. Como siempre, mi marido me acompaña y está terriblemente enfadado por las cosas que me dicen. Él preferiría que me dijeran que estoy muy nerviosa, que viajo mucho, que trabajo demasiado, que se dieran cuenta enseguida de que soy una mujer hipersensible. Deberían ahorrarse cualquier insinuación de enfermedad a la que yo pueda darle una o dos vueltas. «El médico me ha dicho que sople globos», le digo a mi marido. Él va a un chino y compra varios paquetes de globos de colores. A veces tengo la sensación de que me cuesta muchísimo inflarlos. Otras veces ni me entero de que ya los he inflado. Cojo aire hasta que el aire me duele, me tira como una cicatriz mal curada, y mientras espiro cuento un, dos, tres. Hasta seis. Muy despacito.

Poco a poco, mi casa comienza a parecerse a un espacio de celebración de fiestas infantiles. A una piscina de bolas.

105

Me da miedo no saber si lo más insoportable es la permanencia de la punzada –esa carga que no se alivia y no te permite sonreír– o la inminencia de su aparición. No saber si es más insoportable la posibilidad de que la punzada sea un síntoma de una oscuridad oculta material. De una madeja. O el síntoma de nada: lo más peligroso. Lo más inexplicable.

Al escribir la palabra *punzada* –la que siento en el poético Bósforo de Almasy de Kristin Scott Thomas, la escotadura supraesternal, el precioso occipital mapilar por donde Cary Grant le mete el dedo a Joan Fontaine para robarle el corazón e inocularle la sospecha–, al escribir la palabra *punzada* me acuerdo de que mañana mi fisioterapeuta, para aliviar mi dolor, quiere clavarme tres agujas calientes en el músculo subclavio. Lo más curioso es que yo he aceptado con una sonrisa.

Existe una prueba gráfica. Pero esta vez no la voy a adjuntar.

Y a la vez que me ennecio y disminuyo sin remisión, pienso que vivimos en un mundo ñoño. Se valora el forro rosa de los cuadernos y los vídeos de gatitos en YouTube. Mientras tanto, la sensibilidad verdadera –la mía, lo digo sin faltar a la modestia– se hace medicamentosa o se confunde con el mal carácter o con el no saber vivir en paz. Y, sin embargo, no puedo dar nada mejor de mí que este desenmascaramiento mientras reconozco que el miedo a la locura no proviene de una predisposición química, endógena, sino de una serie de estímulos externos que me van dejando huellas, incisiones muy profundas, sombras del hueso fracturado que se ven en las radiografías. Marcas en partes recónditas de esa alma que no existe. Los vídeos de gatitos cantantes acumulan «me gusta» en YouTube –una mano con el pulgar hacia arriba, una mano de Ave, César, los que van a morir te saludan–, mientras de noche alguien lanza piedras contra los alféizares donde se desgañitan las gatas en celo y yo no puedo darte nada mejor de mí que estas palabras purgantes. Ni Atlántidas ni unicornios ni enanitos saltarines. Tampoco puedo escribirte una novela sobre el tráfico de órganos, una conspiración de espías, una novela de una fornicación detrás de otra o una aventura de niños que, de pronto, descubren el dolor o la bondad del mundo, en una epifanía, a lo Harper Lee. Todas esas ficciones a mí ya sólo me suenan a mentira y no te puedo dar nada mejor de mí que estas páginas donde te cuento que a nadie le gustan realmente los gatos, que pronto se convertirán en una plaga como las palomas de la paz y los cocodrilos de las alcantarillas de Niuyork. El mundo nos inflige un gran mal con sus sonrisas de chicle y la verdadera tristeza, la verdadera sensibilidad –es decir, la mía, lo digo sin falsa modestia–, se arregla con cápsulas y comprimidos, o se castiga utilizando argumentos tan distintos como la falta de carácter, el síndrome de la niña mimada, el déficit de la conveniente sustancia o reacción química. O la crueldad. La brutalidad. Mi crueldad. Mis ganas de hacerme daño con lo que pienso –¿para poder escribirlo?– y, de paso, hacerles daño a los otros ofendiendo su paz y su salud de corredores, de fanáticos parroquianos de la lucha contra el botulismo y el colesterol. Y, de repente, no sé por qué –o sí, lo sé perfectamente y escribir que no sé por qué no es más que una pose lírica–, me viene a la cabeza Jessica Lange, que interpretó a Frances en mil novecientos ochenta y algo. Podría ser más exacta, ahora todos podemos serlo, pero me resisto a consultar el dato en Google. Me viene a la cabeza la lobotomía que le hicieron a Frances, y juntar en la misma frase *lobotomía* y *cabeza* es una gran desgracia y ninguna casualidad. A Frances le hicieron una lobotomía política. Y aquí me callo porque creo que, con esas dos palabras unidas en el mismo fragmento de lenguaje, resumo mis lloros y el dolor de mi clavícula, que alcanza ya a la arteria subclavia y que puede llegar muchísimo más lejos y más allá.

Le pregunto a uno de mis tres médicos de cabecera. El de hoy lleva bigote y parece un señor muy castizo. No tiene aspecto de cuidarse y eso me da confianza. Despierta mi simpatía. Los de antes fueron un médico palestino que me recetó lexatines y un médico que me miraba atentamente, hablaba muy bajito y me atendía muy bien sin que yo pudiese evitar verlo como un psicópata. Tenía las yemas de los dedos parafinadas y deslizantes. El hecho de haber pasado por tantas manos en tan poco tiempo es ya un problema que excede los límites de mis patologías reales o imaginarias. Sospecho que hay una conspiración que me obliga a contratar un servicio de salud privado. Estoy en una edad muy mala. Soy una mujer hipersensible. Le pregunto a mi tercer médico de cabecera: «¿Qué pasará cuando el neumólogo, el cardiólogo, el reumatólogo, el ginecólogo me den de alta?, ¿cuando no pase nada y yo siga experimentando dolor?» Él se pone profesional: «Puedes tener una insuficiencia respiratoria.» Añade: «Una estenosis de la válvula mitral.» Por un segundo, deseo tener una insuficiencia respiratoria o una estenosis de la válvula mitral. Deseo encontrar una razón. Insisto: «¿Pero y si no?» El médico sonríe: «Entonces tendrás que tomar tres pastillitas en lugar de una.» Ése es uno de los días que más miedo paso.

Tengo cuarenta y ocho años. No. En realidad, tengo cuarenta y siete. Hace dos años que no tengo la menstruación. Soy una mujer de éxito llena de tristeza. Temo que se mueran mis padres. Mi marido está en el paro. Trabajo sin cesar. No quiero quedarme sola. He tenido mucha suerte. Me han querido tanto. No sé ganar. Ni perder. Me da pánico no disponer de tiempo suficiente para disfrutar de tanta felicidad y tantos privilegios.

Al enésimo médico le describo exactamente el lugar de mi dolor. Un espacio inexplicable entre el esternón y la garganta. El médico me dice: «Es imposible.» Señalo insistentemente un punto hueco. Trazo círculos sobre él con mi dedo índice. Pinto garabatos. Es un espacio en blanco de la materia. El único territorio de la masa corporal donde no hay absolutamente nada y toda la carne es éter y arcángeles. El médico se excede: «Si te clavara una aguja exactamente en ese punto, llegaría limpia al otro lado.» Me imagino al médico como a esos magos que cortan cajas por la mitad con una chica dentro. Muevo los pies como las chicas cuando el mago separa un trozo y otro de la caja. No puedo creer a los ilusionistas y no puedo creer al médico. Me aparto de él. Él da un paso atrás porque tampoco me cree a mí.

Escribo reseñas para un diario importante. Leo libros de otros y aprendo cosas. A veces, como una adolescente o como una lectora bisoña y entusiasmada, me identifico con lo que se cuenta en una novela o en un ensayo. Leo una entrevista con el escritor argentino Fabián Casas. El poeta, que por lo que dice me cae muy bien, relata un periodo de su vida en el que sufrió una depresión aguda. Su amigo el también poeta Ricardo Zelarayán le hizo un diagnóstico: «Vos tenés el horla.» Como el protagonista del cuento de Maupassant. Una presencia invisible en la casa que le roba el agua. El horla, el alien y un Cthulhu doméstico. Perversos lares y penates. Juro que a veces me encantaría ser argentina. Para haber leído mucha teoría literaria, pensar que la teología es lo mismo que la literatura, viajar a Providence o haberme criado en París, leer a Proust en francés, pensar que son más importantes las pipas pintadas que las pipas referenciales, los lenguajes que las cosas, llamarle a mi enfermedad un horla, buscar mi aleph en un rincón del trastero. Me encantaría ser argentina para poder psicoanalizarme. Y estar más sanita o mucho más enferma de lo que estoy.

Mi amiga Marta padece una fisura anal. Tiene treinta y ocho años y está deprimida. Sus dos hijas juegan, la reclaman, y ella no puede acompañarlas. Se siente de golpe muy mayor y cada día es como el mito de Sísifo: el tormento de la evacuación, los lavaditos, sentarse sobre almohadas, tumbarse, levantarse, recuperarse lentamente, pasar un rato aceptablemente bueno antes de acostarse, acostarse, levantarse, volver a empezar... Mi amiga Marta le enseña a su marido la causa de su dolor, pero él no ve nada. La posición es terriblemente ridícula y humillante. Ella insiste y él trata de indagar como un hábil proctólogo: «No veo nada, Marta.» Ella no ceja en su empeño: «No, no, ahí no, tienes que mirar más hacia adentro, más hacia la derecha.» Él sigue sin ver. Ella se pone a llorar. Se siente sola. Se siente como si fuera una mentirosa, una exagerada, y sin embargo está segura de que su dolor nada tiene que ver con la amenaza del pastor y las ovejas. A ella le duele de verdad y no le da la gana de fingir que es una mujer más fuerte. Vuelve a colocarse en una posición abyecta y le dice a su marido: «Mira, mira otra vez.»

La gente que forra de rosa sus cuadernos y da al «me gusta» cuando ve un vídeo de gatitos en YouTube o un amanecer arrebatadoramente bello adornado, más si cabe, por una sentencia positiva de Rabindranath Tagore, Martes Lobsang Rampa, Khalil Gibran, Bertín Osborne, de un bloguero filántropo o de una dietista que escribe bestsellers, tiene después la piel más gorda que un elefante para soportar insultos imposibles de digerir por alguien tan cruel y tan bruto como yo misma, que hoy en el aeropuerto siento una lástima espantosa al ver a los pájaros que se cuelan desde el cielo, a través de la cubierta de la Terminal 1.

Los pájaros buscan restos de comida de las cafeterías basura y yo los observo sin dejar de pensar que tal vez podrán alimentarse de un gránulo de café descafeinado de sobre. Después morirán encerrados aquí dentro, incapaces de hallar la salida. Se me encoge el corazón y, sin embargo, los pasajeros los contemplan y dicen: «Qué atrevidos», «Qué monos», «Qué naturales», «Qué curiosos», «Qué pájaros». Después los fotografían y los cuelgan en Instagram.

En el aeropuerto mi marido me despide y cuando me confiesa «Te voy a echar mucho de menos», me pongo a llorar. Me avergüenza venirme abajo así de esa manera. Desdecir lo que soy o me creo que soy todos los días. Dejar al descubierto esa mollejita de mi ser. Me avergüenzo de mi llanto porque es mío relativamente, porque en el fondo soy una mujer poderosa, porque esa exhibición de vulnerabilidad con la que sólo me identifico en una millonésima parte va a dejar a mi marido muy preocupado. Luego me convenzo de que no tengo la culpa. La culpa es suya por decirme esas cosas. Yo no soy así. Al aterrizar dejo la mente en blanco. Muevo los brazos acompasadamente. Puedo con el peso de mi maleta. Me pongo en modo robot. Sonrío y paso el control de pasaportes sea cuál sea el país. Encuentro un taxi o me subo a un autobús. Cambio moneda. Me inscribo en un hotel. Conecto la wifi. Ésa soy yo. Otras veces, casi estoy segura de que en una tierra extraña me podría dejar matar por timidez. Alguien me coloca una navaja en el vientre y yo no profiero ni un grito. Luego mi asesino me raja y yo me desangro como un cordero para el kebab.

En un hotel de Monterrey lloro mientras veo *Up* en Disney Channel. Me han dicho que no salga sola porque la ciudad puede ser muy peligrosa. Anoche los escritores y yo estuvimos en una cantina escuchando narco-corridos. Estaba prohibido bailar por si se montaba gresca. Porque todo el mundo sabe que los hombres se encelan y las mujeres provocan. Y acaban a los puños. Así nos lo explica un mesero. Ahora veo *Up* por segunda vez y lloro con el boy scout chinito. Me escucho a mí misma: «Quiero irme a mi casa.» Me sorbo los mocos. Siento que tengo tres años. O doscientos cincuenta. No sé si mi actitud es normal, si la catarsis es normal, la pasión, la soledad, los nervios del viaje, la sensación de encierro. No sé si la catarsis es una muestra de amor y salud o si, por el contrario, debería acudir a un especialista. Cuando la película acaba leo las memorias de un neurocirujano, Henry Marsh, que aborda el problema del dolor fantasma. El dolor fantasma es el que se experimenta cuando a alguien le amputan una pierna o un ojo o un dedo del pie, y parece que el miembro duele y supura. Yo pienso en la distancia y en la posibilidad del desamor.

Recupero los mensajes que mi marido y yo nos enviamos cuando estuve en Colombia. Son un intercambio epistolar escrito por teléfono. Con dos dedos. A veces los mensajes iban con copia a mis padres. Para su tranquilidad.

El 29/01/2015, marta <msanz@hotmail.com> escribió:
Querido mío, todo está fenomenal. El desayuno excelente, en un claustro acojonante. El hotel maravilloso. Me voy a una expo de fotografías y a pasear por Cartagena. Te quiero mucho. M

Hola, mi amor. Comí respetuosamente para mi colesterol y cené a la colombiana como un cochino jabalín: butifarras, queso con patacones, arepas fritas y rollitos de la viuda. La ciudad es muy alegre y muy bonita. Me invitaron a cenar unos amigos, así que yo les invité a las copas en el hotel. Los margaritas, fenomenales. Mañana me voy a bañar en la piscina. Dales a los papás noticias mías. Un beso grande. ¿Cómo está Cala?

Precioso paseo por la ciudad con los amigos. Margaritas y cervezas. Precioso. Te va a llegar una cuenta que te caaaaagas. Te echo de menos, aquí, en el hotel.

El 30/01/2015, José María San José <chemasanj@ gmail.com> escribió:
Qué bien, qué alegría. Cala con celo, pero bien. Ayer en el acto de David todo el mundo me preguntó por ti: Belén, David, José, Edurne, Begoña la de la librería, Natalia... Aquí todo perfecto. Te echamos de menos. Normal. No te cortes, funde la tarjeta. Duerme bien. José me dijo que los desayunos del hotel son fantásticos. Disfruta mucho, amor y besazos.

El 30/01/2015, marta <msanz@hotmail.com> escribió:
Los cuervos en Cartagena se comen las frutillas del desayuno. Todo, todo es tan *garciamarqueciano* que sospecho que él no existió. Los patios de las casas, la vegetación, la amabilidad, todo abruma. Lo de hacer sociales es cansadísimo. Pero cuando me baño en la piscina y después tomo el desayuno con mis guacamayos me siento una milady. Me llaman *dama* por aquí. Ahora me voy de paseo a disfrutar un poco más de la ciudad. Es un decorado, pero tan, tan sensual y luminoso que me importa un pito el punto de limpieza exagerado. Y el glamour. Estoy muy bien físicamente. Incluso hago caca: serán las frutillas. Mil besos para todos. Dáselos de mi parte a la mamá, que ella no está *internautizada*.

El 30/01/2015, José María San José <chemasanj@ gmail.com> escribió:
Me alegro mucho. Dices unas cosas preciosas. Caca. Aquí muy bien. He ido a recoger restos de la fiesta a

120

casa de los papás. Mañana y pasado comemos juntos. Se te echa de menos. Espero que tus actos vayan bien. Sigue disfrutando que es fantástico. Mil besos.

El 30/01/2015, marta <msanz@hotmail.com> escribió:
Recién llegada de recorrer el centro. Solita. Ni un problema. Hermoso. Tabernas, tabernitas y terracitas por todas partes. La de cervezas que nos tomaríamos aquí tú y yo. Mucho venezolano exiliado. Mucha bulla. Combinación de lujo asiático y semipobreza, porque la pobreza de verdad está extramuros y ahí, solita, no voy a ir.

El 31/01/2015, José María San José <chemasanj@gmail.com> escribió:
Fantástico, qué bien, como con Charo y Ramón unas caballitas. Qué bien la piscina, ojalá hayas dormido bien. Que salgan muy bien los actos. Cala pesada, pero mejor. Te quiero mucho. Besos.

El 31/01/2015, marta <msanz@hotmail.com> escribió:
En este estilo telefónico que me caracteriza, os cuento que aún no he tenido el conversatorio con Almudena, pero he asistido a una charla y me he dado cuenta de que los pajaritos cartageneros penden de un hilo y de que en este gran escenario los ricos pagan sus boletas para reírse con escritores que sabemos hacer de la literatura el espectáculo que no queremos que sea. Y la cosa es a la vez trágica y ma-

121

ravillosa, o tal vez es que yo tengo un gusano dentro que no me deja ser hedonista ni siquiera en el Caribe. Se respeta y se aplaude burguesamente la literatura y en el conglomerado de burgueses hay gente mala y gente buenísima. Todos nos sentimos muy listos y muy buenos, pero existen barreras que no se pueden traspasar porque te expulsan y, claro, quién no quiere disfrutar de las piscinas, las buganvillas y los róbalos del Caribe. A la vez a uno se le pone la carne de gallina cuando constata la cantidad de gente que viene a escuchar, a aprender... La cantidad de gente que aún cree en una literatura posiblemente espuria. Yo por mi parte no voy a discutir con nadie. Os quiere, Marta Hamlet Berbiquí

El 31/01/2015, José María San José <u>chemasanj@gmail.com</u>> escribió:
Lo que me cuentas no te coge de sorpresa para nada. Por lo tanto, a disfrutar y a no pelear, of course. Las caballitas fantásticas. Quédate con la gente maja y vuelve a disfrutar en ese paraíso. Te quiero y echo de menos, mi vida.

El 31/01/2015, marta <<u>msanz@hotmail.com</u>> escribió:
¡Apagón! Lo que me faltaba, solita, de noche, en la habitación, con el cepillo de dientes en la boca, ¡apagón! Antes de eso un día tremendo: el conversatorio con Almudena bien, pero a la hora de firmar libros, ella tenía una cola del carajo y yo tres tristes tigres: lo cual es lógico en sí mismo y tam-

bién porque el único libro mío que había era *Un buen detective*... Después, el recitado de poemas ha sido surrealista: me he ganado el odio de un viejo poeta dadaísta –creo que me ha echado una maldición– y el respeto de un escritor colombiano actual. Iba a ir a una fiesta, pero al final no he ido porque me he quedado tomando cerveza y queso (me ha sentado fatal el queso) con los amigos en el hotel. El lunes por la tarde llamaré a Chari para anunciar mi llegada a Bogotá. Os dejo que sigo sin luz. Meteré la cabeza bajo las sábanas.

Besos para todos. Me cuesta mucho no veros.

El 01/02/2015, marta <msanz@hotmail.com> escribió:
Os recibo alto y claro. Me voy a hacer unos largos antes de desayunar. Ayer una monja se quiso hacer una foto conmigo. Es la primera vez que me fotografío con una monja. Seguiremos informando. Esto de la wifi y de escribir cartas por teléfono es mágico. Yo os quiero más. M

El 01/02/2015, marta <msanz@hotmail.com> escribió:
Soy una escritora española desclasada que se pone de puntillas para ver algo y juega a la ecuanimidad para hacerse un hueco. Hay que ver cuánto estoy aprendiendo. Y los amigos que hago. He comido solita en el hotel, porque estoy un poco harta de sociabilidad.

Chema, ¿salió ayer en *Babelia* una crítica mía sobre
Seumas O'Kelly? ¡Cuánto te quiero!

El 01/02/2015, José María San José <chemasanj@
gmail.com> escribió:
Sí, salió el viernes. Me alegro mucho de haber ha-
blado contigo directamente. Te amo.

El 02/02/2015, marta <msanz@hotmail.com> escribió:
Estoy en el aeropuerto para salir a Bogotá. Me han
soplado unos doscientos euros en cervezas en el hotel. Martita, la niña borracha

El 02/02/2015, José María San José <chemasanj@
gmail.com> escribió:
Mi Martita que no se corte. Buen viaje.

El 02/02/2015, marta <msanz@hotmail.com> escribió:
En el hotel. Seguiré en la línea gastadora. No me
queda más remedio. Aquí no tenemos incluidas las
comidas, hay que coger taxis y los museos cuestan
pasta. Cruza los dedos para que no me dé el soroche. Vengo del nivel del mar y esto está altísimo.
Pero te amo, te amo y te amo, ¡coño!

El 02/02/2015, José María San José <chemasanj@
gmail.com> escribió:
Esas cosas raras no te dan seguro. Diviértete mucho y no te cortes nada. Besazos, vida.

El 02/02/2015, marta <msanz@hotmail.com> escribió:
Mal de altura, se llama. De momento la chikunguya no me picó. Vamos pasando los peligros.

El 03/02/2015, marta <msanz@hotmail.com> escribió:
¿Cómo os lo cuento? Es una ciudad increíble. Londres de casas de ladrillo rojo entre cerros altísimos. Hemos cenado en un restaurante buenísimo. Langosta. Salmón. Mero. Margaritas. Pagaba la embajada. El barrio de la Candelaria es magnífico. Mañana voy a ir al Museo del Oro, al Botero, a la biblioteca y a conocer más del centro porque la ciudad es inmensa y apasionante. Vivísima. El conversatorio ha salido muy bien. Pero Almudena ha vendido un libro y yo ninguno. Aquí no están los ricos de Cartagena. No pensé que este lugar fuera tan fascinante. La librería del FCE es espectacular. Los cerros. Monserrate. Las calles. Mañana os contaré más. A ver qué tal me va presentando el *Fou*. Luego tenemos cóctel de gala con el embajador. Tenemos que venir aquí juntos.

No tengo ni soroche.

El 03/02/2015, José María San José <chemasanj@gmail.com> escribió:
Buenos días, cielo. ¿Ves como no te iba a afectar nada raro? Me alegro de que estés disfrutando tanto. Seguro que la presentación de *Amor fou* te va fantástica. No tengo ninguna duda. Mil besos.

El 03/02/2015, marta <msanz@hotmail.com> escribió:
Toda la mañana la he pasado caminando con Marina, una chica estupenda de la embajada que es como un hada madrina. Tengo la boca abierta. Ya te contaré en casa mientras veamos las fotos. He hecho como trescientas. Es alucinante. Mañana he quedado con una ex alumna. He comido ajiaco. Ni te cuento lo que es para que no te asustes.

No puedo ya más de ganas de verte.

Me voy a la cama. Ha sido un día muy intenso. Lo de la presentación regular. He vendido cuatro libros y la chica que tenía que venir a recogerme no llegó porque según ella tuvo un accidente de tráfico. No se lo cree ni ella. Juan y Luciana me dieron mil besos para ti. El embajador casi nos mata de hambre en su recepción y nos hemos tenido que ir a comer una pizza. Eso ha estado agradable. De acá para allá en taxi como una aguerrida bogotana. Rica. Mañana ya me sobra, sólo quiero verte. Da noticia de mí a los papás. Espero que Cala te haya dejado de cantar *Aída*. Mil besos.

Me asombra el optimismo que transmito en los mensajes reales de mi vida. Tengo un lado claro que me preocupa.

O puede que, a ratos y sólo a ratos, de verdad desee que todos los demás sean felices.

Combinamos la neoliteratura epistolar con el exhibicionismo imbécil de las redes. Siempre escribimos para que alguien nos lea. Imbéciles entre los imbéciles. Los seres humanos –todos– tenemos una intimidad estúpida. Se nos ve tanto el plumero. Estos correos dicen lo que dicen y también lo que no quieren decir. Comida, literatura, paisaje, trabajo, dinero, sueño, cacas, salud, ausencia. Un cierto entusiasmo. Hasta ahí llega mi disimulo, porque yo, mientras disfrutaba, sólo quería volver.

Cada vez que enciendo mi ordenador y navego por internet –librerías, wikipedias, periódicos, patéticas búsquedas en Google de mi propio nombre...– alguien me vigila. Me dan miedo esas ventanitas de publicidad que saben, de antemano, lo que yo necesito: mejor libros que ropa deportiva; mejor Marguerite Duras que Raymond Carver. Saben casi todo de mí, y eso que yo procuro no dejarme ver mucho de un modo indirecto. Me muestro a pleno sol y ellos, como si fuese una gaviota, me anillan la pata. Subrepticiamente. No me he dado cuenta, pero llevo una anilla de color butano en el arranque de mi pie palmípedo. Mi impudor es mucho más limpio que el panóptico digital.

Cuando salgo de viaje, cuando tengo que salir y todo el mundo me considera una mujer muy afortunada e incluso yo misma propicio que me inviten a los lugares más exóticos y despampanantes –Brasil, Filipinas, China, hace años estuve en Siria y en Argelia–, noto que de la clavícula me cuelga una hilacha de tela pasada. Se sale un hilillo que va abriendo un boquete cada vez más ancho. Es el vacío.

Antes de irme de viaje, mi madre me dice: «¿Llevas el paraguas, el repelente contra los mosquitos, la pomada hemorroidal?» Yo llevo en mi maleta todo el botiquín. También los laxantes y el lorazepam. Mi última médica de cabecera me indica que puedo ingerir tres al día. «Y si estás muy nerviosa, ponte uno debajo de la lengua.» Pero yo nunca estoy nerviosa y mi nueva médica de cabecera tiene cara de loca. Antes de irme de viaje, mi marido me dice: «¿Seguro que los billetes que llevas son de curso legal?» Entonces yo me enfado con un enfado infinito porque me da la impresión de que no me conoce en absoluto. «Parece mentira», le digo. Y supongo que lo miro con un gesto lleno de desprecio y conmiseración hacia mí. Él responde: «Perdón.» No sé ni cómo me atrevo a salir de casa después de estos interrogatorios. Me debilitan. Preveo las horas de vuelo. Las vivo anticipadamente. Preveo que tendré que cambiar moneda —¿será de curso legal?— en el aeropuerto de llegada. Tendré que coger un taxi, dar la dirección de un hotel, incluso pedir un tique. En español, en inglés, en italiano. En cualquiera de las lenguas extranjeras que nunca hablaré. Después llego a mi destino y resuelvo cada problema con una naturalidad y una eficacia que incluso a mí misma me asombran. Me imagino que soy una heroína. Posiblemente, lo soy.

A nadie le puede doler un esdrújulo. Mi amigo Aurelio los colecciona y los apunta en una lista fascinante. A algunos nos gustan mucho las palabras. Posiblemente nuestra afición resulta dañina para ciertas personas. Pero a nadie le puede doler algo con un nombre tan hermoso. Clavícula. Clavicordio. Clavo. Clave. Llave. Clavija.

En un programa de la televisión formulan, entre una serie de preguntas, una en particular por la que me siento muy concernida. «La clavícula tiene forma de...» Opción *a)* Uve; opción *b)* Ese. Digo la *a)* y fallo. Tengo muchos motivos para avergonzarme y me doy cuenta de que a lo largo de mi vida siempre fallo al responder este tipo de preguntas. No las más fáciles, sino las que más me importan. Sobre las que atesoro una mayor experiencia. Además, las eses no pinchan.

Mi dolor se fija en un punto. La terminación de la clavícula derecha en el Bósforo de Almasy. Desde ahí a veces se refleja hacia el oído y la mandíbula. Ese día es el de los diagnósticos fantásticos: la enorme raíz de una muela del juicio que no termina de brotar me provoca bruxismo y dolores en esa parte tan sexy del perfil de las mujeres. La raíz de la muela del juicio empuja mi caja torácica y la tuerce. El dolor acentúa el desequilibrio de mi cuerpo que es inherente a todos los cuerpos. Incluso a los más armónicos, eurítmicos y exhibidos en las pasarelas internacionales y en los concursos de misses. Tengo la sensación de no poder tragar bien. Tengo la sensación de que un objeto extraño me tapona las trompas de Eustaquio, y dentro de mi cuerpo se produce una orquestal conexión de trompas desde Eustaquio hasta Falopio. Veo en mi dolor la forma de un oboe y sobre todo el magnífico colmillo de un elefante blanco. Otros días mi dolor baja hacia la boca del estómago y la boca me sabe a hormigas machacadas y caldo de tortuga. Creo que tengo acidez, pero no es cierto. Es más bien una sensación de vacío. Recabo nuevos diagnósticos de amigos nuevos: «Tienes que ir a un quiropráctico», «Que te metan las gomas», «Fibromialgia». Lo apunto todo en mi libreta para no olvidar ni una coma.

133

Chari padece fibromialgia y la fibromialgia es una enfermedad misteriosa que afecta sobre todo a las mujeres. La fibromialgia es una enfermedad misteriosa asociada a otras enfermedades misteriosas como la endometriosis o alguna modalidad rara de la celiaquía. Como el lupus y su nombre depredador y tenebroso. El lupus afecta a muchas más mujeres que hombres. El cantante Seal lo padece y en él las huellas faciales en forma de máscara de mariposa, que caracterizan a algunos de los enfermos, parecen un adorno del carnaval, un tatuaje, un exlibris de glamour. Mi prima también está enferma de lupus. Fue ella misma quien dio con lo que le pasaba porque nadie encontraba una explicación plausible a los quistes que le salían en los brazos. Era impensable, pero incluso lo que no se puede pensar sucede. Ahora mi prima debe tener mucho cuidado con los medicamentos que consume porque podría quedarse ciega. Mi prima es muy valiente y ha tenido dos hijos. También la costocondritis es una dolencia femenina que, a su vez, se asocia a ciertos problemas de respiración. Las mujeres padecemos enfermedades misteriosas, enfermedades que se colocan en el límite de lo psiquiátrico y lo muscular, a través de lo neurológico, porque somos más sensibles al ruido, a la deformación, y nos resistimos a las inercias de nuestra forma de vida. Sin darnos cuenta, nos resistimos al neoliberalismo somatizándolo y nuestras somatizaciones se transforman en un interesado misterio de la ciencia. Los trastornos del sueño, la rigidez de los huesos y los músculos, la falta de apetito sexual, la inflamación de la vulva, la ansiedad, la depresión, la hipersensibilidad en ciertos puntos del cuerpo incapacitan a Chari para hacer muchas cosas.

La fibromialgia parece tener su origen en esos trastornos del sueño que son, a la vez, uno de sus síntomas. En la presentación del libro de un amigo sociólogo descubro que la obligación de dormir ocho horas al día sin despertarse es un imperativo del capitalismo para reforzar el buen funcionamiento y la productividad de los trabajadores. El sociólogo afirma que nadie duerme ocho horas al día de un tirón y que convertir esa característica inherente al ser humano en una deficiencia, una patología, para medicalizarla es un subterfugio más de este mundo enrarecido que nosotros creemos normal. Por eso, explica el sociólogo, ejercemos la violencia con métodos conductistas para que los niños duerman. Duérmete, niño, duérmete YA. Que viene el coco y te comerá. Sin embargo, lo normal, lo natural, lo antropológicamente razonable es no dormir esas ocho horas comatosas porque, de haberlo hecho así a lo largo del largo tiempo de la Historia, habríamos desapa-

135

recido como especie. Se nos habrían merendado depredadores con el ojo abierto y el colmillo largo. Conozco la teoría del sociólogo, la explico y la difundo, pero hoy al escucharle disertar sobre el insomnio primero me siento agradecida y, después, me gustaría creerle. Es decir, no puedo creerle. Mi insomnio poco tiene que ver con mi instinto de conservación. Me parece más sensato el diagnóstico de fibromialgia.

Al conocer a Chari, por primera vez reviso mis síntomas en internet y encuentro que muchos coinciden. Primero me quedo tranquila, pero después entro en una locura, en una vorágine que me lleva desde el dolor de clavícula al cáncer de laringe. Entonces mi marido me dice: «Para.» Y paro, pero no puedo evitar recordar que tengo llagas en la boca, que a veces me sangran las encías, que he perdido muchos kilos, que algún día mi madre me ha olisqueado: «Huy, hoy no te huele bien el aliento.» Entre el susto y la muerte, me quedo con el susto. La fibromialgia hoy es una enfermedad que me calzo en la mano como un guante. Me conviene.

Mientras escribo, noto que mi marido me está vigilando. Tal vez eso repercuta en las cosas que me callo o en los momentos de énfasis. En la velocidad a la que tecleo cuando no me ven. En las pausas. Quizá hace bien en vigilarme porque, cada vez con más frecuencia, digo lo que no debo decir. La mujer templada que fui se descontrola y deja salir el borbotón de su rabia. O sale desnuda a la calle.

Desde el día de mi llanto compulsivo, mi marido no me quita ojo. A veces lo sorprendo apoyado en el umbral. A veces, si tardo mucho en salir del cuarto de baño o realizo un movimiento imprevisto dentro de la casa –salir al balcón, echarme sobre la cama, frotarme las sienes–, viene y me pregunta: «¿Qué haces?» Me molesta que me lo pregunte y a veces no le respondo, pero si no me lo preguntara, creo que me molestaría aún más y exageraría los gestos inusuales y las conductas imprevisibles. «¿Estás dormida?» Cuando trabajaba y tenía que levantarse a las seis de la mañana, mi marido conciliaba el sueño nada más apoyar la cabeza en la almohada. Siempre cuento una anécdota que resume bien mi perversidad en un momento de salud: acabábamos de acostarnos y él se quedó inmediatamente dormido; yo, envidiosa, le desperté a los cinco minutos informándole de que ya había sonado el despertador. Él se desperezó, entró en el baño, orinó –lo había hecho hacía cinco minutos– y abrió el grifo de la ducha, entonces lo saqué de ese despertar virtual que estaba viviendo, le aclaré que eran las doce y él volvió a la cama completamente feliz.

Ahora mi marido ya nunca se duerme antes que yo. A veces ninguno de los dos logramos dormirnos porque nos estamos esperando el uno al otro. Yo aguardo su calma y él la mía, un soplidito, para poder bajar los párpados con cierta tranquilidad. Noto cómo me mira por las noches. Eso me inquieta y provoca que últimamente yo también me preocupe por su salud. En mis viajes del insomnio, no cambio de posición, casi ni respiro. Él me está mirando. Se recuesta un poco para verme. Eso me inquieta, pero también me hace feliz.

Es ridículo. Le hago regalos al médico –al tercero, al segundo o al primero, ya no lo puedo recordar– para conjurar las malas noticias. Le regalo un libro mío que no sé si me gusta demasiado. Uno que me sobra y que forma parte de un grupo de libros viejos guardados en una caja de cartón. Quizá debería haberle regalado mi mejor novela. Algo a lo que de verdad le diese valor y de lo que me hubiera costado un gran esfuerzo desprenderme. Le doy las gracias al médico cuando el diagnóstico y los resultados de las pruebas no son perniciosos. Mi satisfacción dura un segundo. También le daría las gracias, como Carver, si me diese la mala noticia de una enfermedad mortal.

Sufro un proceso de cristalización. Primero, los deditos de los pies y poco a poco las yemas, el pulpejo de los dedos de las manos, las manos con sus delicados metacarpos, las muñecas y las venas que están en lo profundo. Azules y rojas. Lilas. Enredadas. Me cristalizo de fuera hacia dentro y desde las extremidades hasta el tronco. El vértice final donde terminará este protocolo de solidificación, esta metamorfosis de los líquidos y esta desecación de lo orgánico y lo fluctuante, será el ombligo. Transformado en un inverso tubo de ensayo. Se me cristaliza primero la piel, luego los músculos, el hígado de cristal que, por las grietas, corta la grasa y la carne. La faringe cristalina y los alvéolos como móviles colgados del techo, burbujas, que tintinean con las corrientes. Por debajo de todo, los huesos de cristal de esos niños que se rompen con sólo tocarlos. Después del parto, se les han roto los fémures y el tabique de la nariz. Su fontanela se resquebraja por los bordes y se agranda con la edad. Los tarsos y metatarsos se me congelan. Siempre tengo tanto frío en los pies. También mis fémures se congelan. Los globos oculares como cubitos de hielo para enfriar los destilados y los labios de cristal cuyas esquirlas húmedas, salivares, cortan todo lo que tocan con cortes finos de filo de hoja de papel. Me producen escozor. El paladar de cristal no puede pronunciar sonidos oclusivos por temor a una fractura. La entera boca de cristal me sabe a sangre coagulada sobre un cristal de ensayo.

Se cristaliza mi pecho y, bajo la transparencia de las costillas, veo latir un corazón azul. Las cicatrices cristalizadas parecen chorros de agua en una fotografía. Trenzas de cristal. Se me cristalizan los codos y las articulaciones me pinchan una musculatura más frágil a cada segundo que transcurre. Se cristalizan mis pezones y siento frío. Una tiritona amenaza con romperme. No puedo rozarme con las cosas. Como alguien que se ha quemado con agua hirviendo. Separo las piernas. Mi cuello cristalizado descubre la presencia de ganglios que son las cuentas de un collar. Me hago cristal. Frágil. No tocar. Dormiré en una caja de cartón entre bolitas de plástico blanco. Nieve. Me cristalizo a mí misma, soy mi enfermedad autoinmune. Mi lupus. Me cristalizo yo sola, pero también por efecto de tus cuidados. Sólo lo bello se rompe. Pero yo no soy bella, sólo puedo romperme. Andaré con precaución por los bordillos. No saldré a la calle para que un niño me arroje una piedra que me haga añicos. Para que un golpe de viento o un empujón me desestabilicen. Soy una figurita de Lladró. Una orquídea.

¿Y si la reacción de mi cuerpo me está anunciando la enfermedad de otra persona?, ¿y si mi proceso de cristalización es el presagio de una pérdida?, ¿y si el poeta dadaísta colombiano me echó un auténtico mal de ojo y acertó a la hora de elegir lo que más me podía doler?

A mi marido todo el mundo le dice últimamente: «Estás más delgado.» Yo no me había dado cuenta, pero ahora lo observo con más atención. Me pego a su cuerpo como un cachorro al despertarme. Huelo su piel inodora. Le acaricio la cara. Le cosquilleo los pezones cuando se lava los dientes. No, no lo quiero ni pensar.

Los amigos se comportan muy bien y luego sus atenciones me dan vergüenza. Luis me dice la suerte que tengo con mi marido.

Me gusta que hablen de mí. Imaginármelos preocupados.

Luis no sabe hasta qué punto tengo suerte. Mi marido me acompaña a todos lados. Me lleva y me recoge. Se inventa remedios para que yo sane. El fisioterapeuta, los almohadones, los amigos médicos de los amigos, las peticiones de hora en la seguridad social, las urgencias, los placebos de nuestra farmacéutica filántropa, el triptófano y las bolitas sedativas, las hierbas relajantes. Se pasa todo el día dándole vueltas. Asume todas las labores de la casa.

Tengo un alumno psicoterapeuta. Nunca, nunca, le miro directamente a los ojos. Bajo ningún concepto. Creo que le voy a suspender.

Mi padre, como cuando era pequeña y me gastaba la broma de frotar contra su alianza un bolígrafo para que yo pensara que estaba agitando el frasquito del Benzetacil, me explica que lo malo de las espirometrías es el tubo por el que tienes que soplar. «Te imaginas que será un tubo delgadito y, en realidad, es como el hueco del rollo del papel higiénico.» A lo mejor me convienen los peculiares tratamientos de electroshock de mi padre, pero mi marido no entiende ese tipo de sentido del humor. Ese didactismo. Sabe que cuando llegue a casa es muy probable que me meta el cartón del rollo del papel higiénico en la boca, coja aire y comience a soplar. Un, dos, tres...

Con mi enfermedad –una que no se refleja en las pruebas y que por eso es más oscura, cárnica, lacerante– siento por primera vez que mi padre y yo no vivimos en el mismo mundo. Mi enfermedad es demasiado contemporánea. O demasiado burguesa. O, por el contrario, es la punta del iceberg de mi profunda naturaleza proletaria, judeocristiana y panoli. De un estricto sentido de la responsabilidad que tampoco sintoniza con el hedonismo, paradójicamente nada tripero, en las antípodas de la actual superposición del orgasmo y la gastronomía, de mi padre. Puede que mi padre se enerve con mi sufrimiento o a causa de la intuición de que han conseguido convertirme en una víctima que necesita comprar justo eso que necesita y puede ayudarle a ser feliz. A paliar su dolor. Lo primero que necesito urgentemente es ponerle un nombre a lo que me pasa y, con el nombre, sentirme parte de algo. Busco mi grupo, mi *target*, mi gimnasio ideal, mi dieta sana, mi comunidad.

Hace años hubiese abofeteado a una mujer como yo. «Basta de tonterías, no seas ridícula.» Pero hoy soy una flor. Temo que, al dar un paso, se me desafinen las cuerdas del violín. Que se desparrame contra el suelo mi caja torácica. Pido respeto para esta picadura de avispa. Real o imaginaria o las dos cosas a la vez. Me late. La experimento. Físicamente.

Es posible que la vergüenza intensifique los pinchazos. La aguja fina se me clava en una región aparentemente desierta del torso. Me da vergüenza ser yo quien esté pidiendo los cuidados de mis padres cuando el orden natural de las cosas nos dicta que debería ser al revés. Qué hago yo con la voz quebrada cada vez que mi madre me llama por teléfono, qué hago yo rompiéndome cuando me pregunta qué tal estoy. Por qué le digo la verdad o incluso me pongo peor cuando me llama. Cómo no tengo la fuerza suficiente para disimular. Por qué siempre se lo cuento todo. Hasta esos pequeños detalles que perfectamente podría ahorrarme: «Mamá, me ha salido una llaga en la boca», «Mamá, hoy he tenido un sueño... Estabas sentada sobre una bala de paja y te protegías del sol con un sombrero cordobés», «Mamá, tengo un grano raro»... Entonces entramos en el capítulo familiar de los horrores dermatológicos. Las quemaduras con nitrógeno líquido y la protección pantalla total. Las pecas que mutan de la picardía a la malignidad. En todas las disfunciones corporales y domésticas —a veces los armarios se llenan de olores fantasmagóricos, las moscas anidan en la campana extractora— me expongo a que mi madre me aconseje, me corrija. «¿Mamá?»

Qué hago yo poniéndome colérica con mi padre al presentir que no logra entender las verdaderas dimensiones de mi dolor, mis sacrificios, y me pide cosas que no puedo dar. Por qué le grito para explicarle que me cuesta levantarme de la cama. Ponerme en pie. Pensar en otra cosa. Intentar esbozar una sonrisa. Por qué le grito «¿No ves que no puedo con mi alma?» y, después de haberle gritado, me doy cuenta de que es un hombre mayor y pequeño, frágil como un pétalo de rosa, y me arrepiento tanto que la garrapata de mi pecho crece alimentada por la sangre de mi ira. Por qué soy tan mezquina y no me desenvuelvo como la excelente mentirosa que puedo ser. Por qué no me digo: «Eres una señora de casi cincuenta años.» «Eres una señora.» «Tienes edad de ser abuela.»

Lo lógico sería que yo llamase por teléfono para interesarme por la tensión arterial de mi madre, por su insomnio crónico, por los resultados de sus últimas analíticas. Pero de repente el relato de los achaques de mi madre ha sido borrado por la crónica de mi dolor. La lógica nos impulsa a creer que lo normal sería que fuese yo quien acompañara a mi padre en sus revisiones oncológicas y le diese ánimos ante las buenas expectativas. Es posible que le eche la culpa a mi padre de ser un antecedente. Un antecedente patológico. Tendría que preocuparme por ellos, y sin dejar de preocuparme soy yo la que se duele, se arruga y se encoge. Soy un Gollum. Soy yo la que les restriega por la cara mi envejecimiento mientras ellos adoptan la sensata posición de no complacerse en el suyo.

Soy yo la que se siente patéticamente abandonada cuando mis padres, jubilados septuagenarios, me anuncian que se van de vacaciones. Mi madre me dice: «Es tu marido quien debe acompañarte al médico.» Mi marido me acompaña a todas horas y las palabras de mi madre no son un reproche. Se me cae el ombligo seco. Mi madre me fuerza a crecer. Rompe con un martillito la urna transparente que rodea mi cuerpo. Yo, con mi mente bifocal, me debato entre la hipótesis de que mis padres no le dan importancia a mi tragedia o le dan tanta que no quieren subrayarla saliéndose de los cauces de la normalidad. O quizá se apartan de mi lado de modo que ya no tengo que preocuparme por ellos y puedo así regodearme en mi dolor y sanar antes. También es posible que el regodeo impida mi curación.

Es verano. Mes de julio. Hablamos todos los días dos veces por teléfono. Aunque no me sintiese tan enferma, hablaríamos el mismo número de veces por lo menos durante siete minutos cada vez.

«¡Sople, sople, sople, sople! ¡Más! ¡Pero más! ¡Con más fuerza! ¡No, no, no! ¡Así no me vale! ¡Sople! ¡Usted puede soplar más! ¡Otra vez! ¡Así no! ¡Coja aire y sople, sople, sople, sople! ¡Pero sople más! ¡Más!» En la sala de espera de la habitación donde realizan las espirometrías me tiemblan las piernas. Mi marido está conmigo y me aprieta la mano. Me sonríe como queriéndome decir que no pasa absolutamente nada. La paciente, por fin, sale. Es una mujer mayor con el pelo teñido de negro. Está blanca. Profiere un insulto en voz baja contra la persona que le ha realizado la prueba. Entonces, oigo mi nombre y entro.

Me hago la simpática con la enfermera que va a realizarme la prueba. Siempre me hago la simpática con quienes me van a realizar una prueba porque eso me da la falsa seguridad de que me van a hacer menos daño. La mujer me pesa y me mide. 1,59, 45 kilos. «Estás muy delgada.» Finjo que no la he oído, pero le hago una broma: «He crecido desde la última vez...» Me acerco al aparato medidor y compruebo que mi padre ha exagerado, pero no tanto. Cojo aire, soplo, soplo, soplo, soplo. A mí es suficiente con que me digan las cosas una vez.

La enfermera me pesa y me mide. 1,59, 45 kilos. «Estás muy delgada», afirma. Cuando empezó mi menopausia, me hicieron un análisis de sangre y descubrieron que tenía moderadamente alto el colesterol. Dislipemia es la palabra técnica que da sentido a todas las prohibiciones que, desde ese momento, marcan mi vida. No puedo comer mayonesa ni bollos ni carne roja ni macarrones con chorizo. No puedo comer bocadillos de salchichón ni queso ni erizos gratinados. No puedo comer chocolate ni gambas rojas ni chipirones. Ni un *cheesburger* ni un osobuco ni un steak tartar. No puedo comer mantequilla ni torreznos ni patatas fritas ni aceitunas con anchoa. No puedo comer pulpo ni carrilleras ni paté ni caviar ni sesos rebozados. Ni huevos con beicon ni fabada. No puedo comer ganchitos ni helados de bola. Mi madre desgrasa el cocido madrileño cuatro veces para que yo lo pueda comer.

Puedo comer pavo, pollo desgrasado, verduras, frutas, legumbres, todos los peces del mar siempre que no estén rebozados, ahumados o fritos. Puedo comer sushi y sashimi. Germinados de soja, pan, arroz, pasta que no sea al huevo. Puedo beber infusiones, leche desnatada, agua, líquidos para rebajar la tasa del colesterol un diez por ciento. Puedo comer aire y bailar como las sílfides.

Camino casi una hora al día. Hago gimnasia. Sudo.

La culpa me consume cuando vulnero mis protocolos y mis buenos hábitos. Los vulnero continuamente o, al menos, yo lo siento así. Soy una yogui a la fuerza. Una pseudovegana ni vocacional ni filosófica. Una japonesa fingida. Una buena chica. Una chica obediente.

Temo que la rigidez de mi dieta altere mi forma de pensar. No por el hambre o por la falta de sustancias nutritivas, sino más bien por el estajanovismo.

A veces imagino que mi dolor no apareció en el incómodo asiento –17C– de una aerolínea mientras sobrevolaba el Atlántico y leía las memorias de Lillian Hellman. Que nada es realmente tan libresco ni tan intelectual. Acaso la boca masticando en sueños y esta nueva delgadez fueron el origen de mi dolor. La metamorfosis y sus gusanos.

Tengo un desarreglo alimentario inducido por la sanidad pública. Como el noventa por ciento de la población.

Por segunda vez en mi vida escribo para purgarme y le tengo fe a la posibilidad catártica de la escritura. Como si todas las palabras fueran un rezo. Por favor, por favor, por favor. La primera vez me curé de una mierda de amor. Pero hoy no tengo grandes esperanzas en que nada de esto vaya a funcionar. Y me pregunto: ¿Es legítimo dañar a los otros compartiendo tus temores, la china de tu zapato? Me refiero a los males que se padecen dentro de la casa y también al ejercicio de escritura que ahora mismo practico. Como un deporte de riesgo.

Hoy han llamado a mi marido para ofrecerle un trabajo que no ha podido aceptar. Se trataba de hacer testigos con una máquina que él no había usado nunca. Era un turno de noche y el trabajo se realizaba en solitario. El riesgo de accidentes ante la inexperiencia de mi marido y el hecho de que, por ahorrar, el trabajo lo desempeñase sólo una persona le han hecho decir que no. Yo le he dicho: «No te van a volver a llamar.» Y lo he mirado con rencor y él se ha dado cuenta. Después, me he sentido como una cerda y como una mala persona. Me he disculpado y él ha vuelto a sonreír.

La enfermera especializada en las pruebas de esfuerzo tiene acento canario, es alta y fornida, lleva mechas y los ojos pintados con rabos marrones, las uñas cortas. Usa zuecos y bata blanca y, sin embargo, va un poco despechugada. Le pende un colgante, feo y basto, del cuello. No se le marcan demasiado las clavículas. Siempre la recordaré. Bebe a gollete agua mineral de una botella de litro y medio. Huele a tabaco. Fuma, fuma como un carretero, y yo me doy cuenta de que comienzo a pertenecer a ese selecto grupo de personas maduras que hablan sin parar de sus vicios, sus virtudes y sus enfermedades y de que, tal vez, las cosas que nos mueven a hablar son las únicas cosas sobre las que merece la pena escribir. Es posible que no haya motivo para marcar una línea divisoria y separar con un bisturí los temas literarios de los temas rutinarios, los manojos de cebolletas o las copias de las llaves de la extraña y mórbida descomposición del señor Valdemar. La enfermera a quien nunca olvidaré huele a tabaco rubio y yo empiezo a ser de esas personas que han recuperado el olfato y, por medio de ese sentido, separan el mundo entre culpables y no culpables. La enfermera que me hace la prueba de esfuerzo sería culpable de morirse. Yo ya no.

Antes de entrar, en la sala de espera, todos nos miramos los zapatos. Las mujeres mayores llevan zapatillas deportivas con las que deben de estar incomodísimas porque estoy segura de que no las usan nunca. A las señoras y a los señores deberían permitirles venir en zapatillas de andar por casa. Yo me he puesto unos mocasines con los cordones atados flojos. Son los zapatos que uso para recorrer Madrid. Los que no me hacen rozaduras ni me producen malformaciones en los huesos de los pies. De repente me asalta el temor de que no me dejen realizar la prueba calzada de calle, pero cuando entro en la sala, la enfermera especializada en el test de esfuerzo me mira los zapatos y no pone ninguna pega. «¿Tú estás cómoda?» Una mujer así no tolera mi indecisión ni mis vacilaciones. «Pues eso.» Después, siguiendo estrictamente el protocolo, me pregunta si he comido algo antes de venir a hacer la prueba y yo le digo que no, y que en realidad no entiendo muy bien lo del ayuno para ponerse a correr en una cinta. Le digo que lo comprendería en una endoscopia o en un análisis de sangre, pero que para ponerse a correr en una cinta a mí me parece más bien contraproducente que te obliguen a estar en ayunas, que lo más probable es que me dé una pájara. Que desde luego yo llevo un plátano en el bolso para zampármelo en cuanto salga de allí. Sonrío. La enfermera me mira con un poquitín de desprecio: «Es por los vómitos.» Se expresa con verdadera maldad: «Para que no te ahogues.»

158

La enfermera me desnuda de cintura para arriba como si yo fuese una párvula a la que va a meter en la bañera. Me corrige la postura dándome un golpe severo en los riñones. Me reajusta las cintas del sujetador. Me sorprendo. Me quedo rígida. Dudo que esta concesión a la elegancia o a la ortopedia forme parte del protocolo. Me callo y, por un instante, me olvido de mí. La situación me interesa porque ya tengo algo que contar y porque yo nunca me habría ajustado los tirantes del sujetador con la profesionalidad fisioterapéutica con que lo hace esta mujer. Los tirantes flojos de mi sujetador morado, los que siempre se me caen del hombro hacia el antebrazo y tengo que subir metiendo la mano por el cuello del jersey en un gesto ridículo como de comedia de perdedores gafotas que van al psicoanalista, de gentuza acomplejada, los tirantes flojos se transforman con una manipulación profesional de la enfermera en dos poleas que alzan mis pechos hasta un punto en el que no habían estado desde hacía mucho, mucho tiempo. «Así.» La enfermera habla con seguridad. Con satisfacción incluso. Yo tomo aire y se despliegan y tiemblan las alitas de mis omóplatos. Me siento erguida. Después, ella aparta su vista de mí –dejo de ser su maniquí o su obra– y me llena el pecho, los brazos, las sienes, las muñecas de electrodos, de cables. No puedo acordarme bien de las partes de mi cuerpo que se van electrificando. No logro recordar si lo que visualizo es mi propio cuerpo o la escena de una película de terror.

La enfermera especializada comprueba que mi tensión es normal. Una de las pocas cosas de las que puedo jactarme, físicamente hablando, es de la armonía de mi tensión arterial. La máxima y la mínima perfectamente compensadas. Seis doce, o cinco y medio once y medio, o seis y medio doce y medio. Ahí. Por un arte de magia que no se repite a la hora de cuantificar mi perfil lipídico o mi maldito hematocrito, del que no tengo ganas de hablar ahora porque sería monstruoso. La sangre gorda. Sin oxígeno. Evocar mi hematocrito me decide a vengarme de esta enfermera y comportarme como esos perfectos hijos de puta que me olisqueaban cuando yo fumaba: «Tú fumas.» Ella asiente y yo ataco: «¿Y no te da miedo tenerte que hacer una prueba como ésta?» La enfermera se descoyunta de risa: «Yo nunca, jamás, me haría esta prueba.» Quiere meterme miedo. Lo consigue. Luego calla y, con una cortesía absolutamente fingida, me dice: «Por favor, es por aquí.» Creo que después de «por favor» esta fumadora, esta hábil ajustadora de tirantes de sujetador, esta canaria sin dulzura y con algunos kilos de más aferrados alrededor de las nalgas, habría querido llamarme «princesa». Pero se ha callado para que yo no pueda afirmar que su cortesía es falsa.

La enfermera me ayuda a subir a una cinta en

movimiento y me coloca las manos sobre una barra que hay justo enfrente de mí. Veo sus índices amarillos y vuelvo a impregnarme de un olor que nunca me ha gustado. «Agárrate bien.» Tengo miedo de caerme, pero no puedo defraudar a la enfermera especializada y me pongo a correr. Ella me deja correr unos segundos y me dice: «No hace falta que corras.» Me aclara que basta con que ande a buen ritmo porque voy a andar un buen rato. «¿Cuánto rato?» Mi boca es una gasa vieja. La enfermera bebe largos tragos de agua, los degusta, tarda en responderme: «No sé, lo que tú veas...» La enfermera especializada no debería decirme a mí esas palabras porque, aunque me muera sobre esta cinta, mi obcecación puede mantenerme andando sobre ella hasta la caída de la noche y la deshidratación, la desecación total, de mis órganos internos. Pero esta mujer, que parece que puede pegarme un sopapo de un momento a otro, no me conoce e ignora que puedo andar sobre esta cinta hasta que mi piel se esparza por el viento como la ceniza del vampiro tocado por un rayo de sol. La enfermera me observa: «Lo estás haciendo fatal.» Lo dice como si no le importase y, a la vez, como si le fuese la vida en ello: «A ver si la máquina registra una lectura correcta de una vez.» Percibo que delante de «una vez» la enfermera ha querido decir «puta», pero se ha mordido la lengua. Sin embargo, esa contención del taco dentro de la boca, que quizá sea un efecto

161

del síndrome de abstinencia, no es lo importante. Lo importante es que mi corazón se desboca cuando, a través de sus aurículas, recibe alto y claro el mensaje de que no –no– hay una lectura correcta. Todavía.

La enfermera me reajusta la postura dándome otro golpe en los riñones. «Mete la tripa, ponte derecha, saca pecho, aprieta el culo, así, ahora.» Soy marcial y soy mecánica. La enfermera bebe agua. La máquina emite sonidos indescifrables y yo sigo como si estuviese sola. Corro por la cuerda de una inacabable cordillera andina y miro el cristal de la ventana que se abre frente a mí. No pienso parar. Tengo las pantorrillas duras. No pienso parar a no ser que comience a dolerme el estómago, porque últimamente he leído en alguna parte que los síntomas de las enfermedades no se manifiestan igual en hombres y mujeres, que los libros están escritos según un patrón masculino, que si me va a dar un infarto lo más probable es que me duela el estómago y no un brazo. Huelo intensamente la piel nicotinada de mi enfermera. Sé que está ahí, aunque yo no la mire. Nos amamos. Nos odiamos. Sigo y sigo. La cabeza se me va un poco, pero sigo, persisto. Me arde el esófago, la garganta. Me late la tripa. Me fallan las rodillas. Entre el pelo resbalan y se abren camino las gotas de un sudor gordo que me va a engrasar el pelo y me va a poner aún más fea y más escuchimizada. «La prueba ya se ha acabado.» Estoy a punto de detenerme cuando la enfermera se pone a jugar conmigo: «Pero puedes seguir hasta que quieras.» Me lo dice con maldad. Y yo sigo. La miro y sigo. Incluso le hablo con una boca que parece no existir, porque los labios se consumen y la lengua está adherida al paladar: «Sigo.» Me despellejo la boca para pronunciar esa única palabra. Ronca. Ella gorjea algo que no logro entender. Y sigo diez segundos más. Bajo de la cinta con el mentón alzado. Me pongo de puntillas para crecerme. La enfermera me saca dos cabezas y tres cuerpos. «Al final, lo has hecho mucho mejor.» Parece que está a punto de echarse a reír. La enfermera arranca de la máquina el rollo de papel con mis mediciones cardiacas. Después de quitarme de la piel, sin dulzura, con profesionalidad, contaminando mi recién estrenado olor a colonia infantil con sus efluvios a dióxido y cianuro, después de quitarme todas las pegatinas eléctricas –todas menos una que descubro al llegar a mi casa: se ha quedado pegada a mi piel y me ata a la enfermera con un hilo de electricidad–, vuelve a ajustarme los tirantes del sujetador. Me hace daño, pero no me importa. Ella sale del cuarto por una puerta lateral unos segundos antes que yo.

Este libro podría haber comenzado con el capítulo que acabo de escribir. Mi peripecia con la enfermera especializada en realizar pruebas de esfuerzo. Al final de esas líneas, «Ella sale del cuarto por una puerta lateral unos segundos antes que yo», podría haber añadido una pregunta, golosa para los lectores, sobre cuáles podrían ser las causas que me habrían llevado a ser la paciente que camina sobre la cinta deslizante mientras una máquina registra su presión sanguínea, sus pulsaciones y otros datos que prefiero ignorar. Agarrándome la cabeza con desesperación, estrujándomela entre las manos, podría haber lanzado a los lectores –compartido con ellos– preguntas a bocajarro: «¿Cómo he llegado hasta aquí?, ¿por qué camino?, ¿cuáles han sido las vicisitudes que conducen hasta el deterioro o la construcción nunca tan fantástica –porque todo cae, todo se pudre– del mismo?» Esas interrogaciones obligan a rellenar un paréntesis, a saciar una curiosidad, volviendo la vista hacia el pasado. Esas interrogaciones habrían puesto en funcionamiento un dispositivo mediante el cual los lectores se intrigarían y caerían en la malla del suspense reduciendo el relato de una enfermedad, el relato del horla, al género de las novelas de detectives. El terror y lo cotidiano se encogerían hasta deshacerse como la pasta de papel barata y fascinante de una *pulp fiction* mojada por la lluvia y arrugada dentro del puño.

Pero estas páginas no están concebidas para ser convencionalmente interesantes. En ellas se registra un protocolo. Son una indagación. El intento de responder a una pregunta que no se desliza hacia atrás y hacia delante por el carril bien engrasado del tiempo. Estas páginas aspiran a operar como herramientas afiladas. Un trépano o un berbiquí. Describen un proceso, puede que una figura circular, y hablan de una persona. No de sus pasos de baile.

Me dan el alta en la consulta de distintas especialidades. Acumulo informes alentadores. Mi marido me dice: «¿No estás contenta?» Él quiere que yo esté contenta a toda costa. Pero yo no puedo estar contenta porque aún no sé cuál es el origen de todo este peso oscuro. Sólido. Luego se me vienen a la mente las depauperadas caritas de los niños calvos y, pese al dolor, me siento una impostora. Enseguida me rebelo: yo también tengo derecho. A mi dolor. A mi propia y quizá no tan frívola aflicción. Siento otra punzada: el adjetivo *frívola* me duele tanto que casi rompo a llorar.

Ahora miro de reojo los ingresos y los gastos. Antes, cuando era más joven y no se me incrustaban garrapatas en la flauta respiratoria, nunca quise saber nada. Pasamos tiempos mucho peores que éste y yo los viví sin angustia. Nunca quise saber ni de ingresos ni de gastos hasta el punto de que el dinero –su carencia–, para mí, se ha transformado en un territorio de superstición. Una especie de desgracia líquida e inexorable. Una predestinación y una mancha de petróleo. Lo que no se puede controlar ni agarrar en el cuenco de la mano.

He ido a tres o cuatro médicos de cabecera. A una aniñada neumóloga que me sugiere un tratamiento basal contra la ansiedad y a una cardióloga con pendientes de perlas que me dice: «La ansiedad no existe. Vaya a un reumatólogo.» La farmacéutica me recomienda tratamientos osteopáticos, bolitas de azúcar, vitaminas y placebos. He ido al fisioterapeuta. Tengo el volante para un especialista en aparato digestivo. Guardo los teléfonos de un par de psiquiatras. He estado en mi ginecóloga. Me duele. Mi última esperanza es solicitar los servicios de un exorcista.

Mi marido me anima a decir que no. No, no, no. Digo que no a cosas a las que antes habría dicho sí, sí, sí. Un viaje a Argentina. Otro a Río Preto de São Paulo. Él no quiere que vuelva a experimentar el dolor en su fase aguda —sólo el runrún del dolor sería pasable— ni el miedo al ataque dentro de un hotel. La garrapata que ya no me asfixia pero me da toquecitos en el pecho con su zarpita estirada: «Estoy aquí», «Puedo volver en cualquier momento», «No te confíes». No quiere que, en la otra punta del mundo, entre los guacamayos y los dry martinis, sólo quiera regresar del paraíso. No quiere que me hagan fotografías mientras me ahogo porque el aire no entra en mis pulmones por mucho que yo los fuerce para ensancharlos. No hemos querido comprar la revista en la que salían esas fotos. Debía de ser algo muy parecido a un cadáver.

Mi marido tiene miedo de mi miedo, y de mi desaparición. No quiere que acepte trabajos por prevenir la pobreza o alfombrar la vejez con papel burbuja. «Haz sólo las cosas de las que de verdad disfrutes.» Me río torcida. Es como si él, que no es un ingenuo ni un hombre que no lee los periódicos —incluso está atento al precio del barril de crudo—, no mirase alrededor o pensara que ese alrededor a mí no puede afectarme. No puede afectarme la falta de trabajo, la carestía, las enfermedades terminales, el odio. Mi marido me encierra en la urna que mi madre acaba de romper y yo se lo agradezco. Se lo agradezco a ambos por razones diferentes. Pese al cristal de la urna, mi marido no pretende que yo no me vaya a donde me quiera ir. Si quiero irme a Marruecos o a Sant Sadurní d'Anoia, si estoy segura de que voy a ser feliz en Babia o en Sebastopol, él me anima, me escribe mensajes, me espera en casa con su mejor disposición. Luego, al volver, me dice lo que sabe que tiene que decirme para que yo no me enfade: «No me hago a la casa sin ti», «No encuentro el sitio». Le respondo que eso es algo parecido a lo que ocurre cuando se te muere el gato. Él se ofende.

Ahora, mientras él no tiene trabajo y yo por prevención digo que no a casi todo y hago cálculos mentales sobre el derrumbamiento de nuestra economía doméstica, mi marido y yo nos levantamos y nos acostamos a la misma hora. No nos separamos ni un segundo. A veces es maravilloso. Otras veces pienso que no podemos seguir así. Le regaño: «No me leas por encima del hombro lo que escribo.» Pero es una suposición, porque en realidad él espera con miedo las líneas que yo pueda escribir. Por si nos hieren. Sabe que tengo un extraño sentido de la autenticidad. Mi marido tiene derecho a mirar por la parte que le toca. Me paso el día hablando de él.

170

Dándole vueltas de un modo más profundo a medida que pasan los años. Antes no nos pensaba. Ahora nos pienso. Siempre creí que repensar las relaciones, resobarlas, era el punto de partida para ponerles fin, y sin embargo ponerme a pensar en nosotros es sorprenderme. Quedarme con la boca abierta. Le regaño: «No me leas por encima del hombro lo que escribo», pero en realidad mi prohibición es una excusa para culparle de mi desconcentración o mi falta de ganas. Escribir para que no me vea, como si hiciera algo malo, como cuando me masturbaba siendo demasiado niña, me estimula. Si estuviese sola con el flexo encendido, abriría el correo electrónico y después la nevera para comprobar si tengo suficientes yogures. No me los como nunca. Él es el hombre imaginario que me persigue. Mi preferida fantasía infantil. Está y no está, yo pienso que está y corro. Me escapo con el deseo de que, por favor, por favor, me atrape. Con él a mis espaldas, ciego y mudo, no tengo ni un minuto que perder. Me siento sorprendida en falta, aunque sea absurdo. Por mi boca no muere mi pez.

En el fondo sí, creo que sí podemos estar juntos a todas horas. Porque nos da la gana y en nuestros momentos de separación –un respiro– nos asfixiamos incluso más que cuando no nos quitamos el ojo el uno al otro: «¿Estás bien?, pero ¿seguro que estás bien?, ¿seguro que no te pasa nada?» Somos hermanos siameses. Cigüeñas. Pajarracos. Ya no podemos vivir el uno sin el otro, aunque en los tiempos que corren esta relación de dependencia no sea muy publicitaria. No es que yo no sepa estar sola. Aprendí a jugar sola y a canturrear sola. Escribo. No, no es un asunto que tenga que ver con la soledad en abstracto, sino con la concreta soledad de que no sé estar sola sin él.

Cada vez que digo no a un trabajo, la garrapata me desclava una patita del esternón mientras otra garrapata más pequeña —no sé si crecerá— se acerca tímidamente a mí y busca su hueco. Pese a todo, creo que me siento un poco mejor. Aún no estoy muy convencida.

El gen de la infelicidad. El ojo sucio. A lo que se reduce un envidiable viaje a Manila, un destino al que ni siquiera acudo sola. Publico el poema en *Perro Berde*. Será traducido al inglés. Todo son privilegios.

1. Lo peor que podíamos contemplar lo vemos nada más salir del aeropuerto de Manila.

Una niña, sucia y semidesnuda, nos pide dinero.

Según nuestros cálculos de observador bien nutrido
—cada occidental, cuando va de viaje, guarda en la cartera
    un pediatra, un economista, un telepredicador y un
    gastrónomo...–,
la niña no puede tener más de cuatro años.

Aunque quizá ya haya cumplido nueve o diez y no beba
    leche o fume a escondidas.

Si la magia y la poesía nos ayudan a digerir la escena,
tal vez,
la niña no sea más que una viejecita disfrazada de *baby
    doll*,
en Manila City,
antes de colarse en el *jeepney* que la conducirá a un burdel
    o a un pudridero
para pintarse las uñas y esperar al turista

–cada occidental, cuando va de viaje, guarda en la cartera
  un pederasta, un patriota, un hipocondriaco, y un mi-
  nistro de Dios o del Interior...–;
si la magia y la poesía nos ayudan,
tal vez la niña sea una octogenaria que ha pasado por mil
  estiramientos y operaciones,
y se ha quemado las palmas de las manos para que nadie
  la identifique
como reconocido miembro del hampa mendicante de
  Manila.

Pedimos que la poesía nos ayude,
pero la niña es una niña de Manila
que da golpecitos en el cristal de nuestro taxi y nosotros la
  vemos como frágil criatura
de huesecillos de ave y ojos de cordero.

Recibo en mi móvil un mensaje perentorio de Amnistía
  Internacional que borro
casi tan vertiginosamente como ruego que la poesía me ayude –cada occidental, cuando va de viaje, guarda en la
  cartera un *sommelier*, un meteorólogo, un futbolista y
  un bardo–,
para no ver a la niña puta niña puta niña mendicante del
  hampa de los pobres de Manila City,
que lleva en los brazos a un bebé guapísimo de redonda,
  gorda cabeza.

Una costra de mucosidad gris le cubre el turgente pellejo.

El bebé le cuelga a la niña de la cintura y parece que va a
  caérsele.

174

Tememos oír el sonido de un odre que se estampa contra
la calle embarrada
porque cada occidental, cuando viaja, esconde en la cartera un diapasón
para identificar el *la* puro entre cualquier otra nota y también guarda un ingeniero de caminos, canales y puer-
tos.

Alguien que mide y compara, sin pararse a pensar por qué
unos hombres tienen las piernas más largas que otros
o por qué en Manila las niñas te miran con humo
mientras golpean con sus nudillos de ave el cristal de la
ventanilla del taxi.

Lo peor que podíamos contemplar lo vemos nada más salir del aeropuerto de Manila.

2. Pero la niña y el niño de la inmensa bella cabeza no
son una imagen que pueda ser contemplada. Son carne
que interfiere en el espacio de nuestra cabina de taxi y
nos fuerza a un tipo de concentración dolorosa. Los niños se nos quedarán para siempre incrustados en el corazón del ojo. Después miraremos rápidamente hacia otro
lado y fingiremos hablar de nuestras cosas, pero mi marido me dice: «Ya hemos visto lo más horrible que podíamos ver en Manila City.» Mientras, yo le sigo los pasos a
la niña, que, con el niño pingado a su cintura, vuelve a
un entoldado donde los aguarda una mujer que tiende
raídas lonas entre el hormigón de un puente. La niña
hace un gesto que significa que no le hemos dado nada y
yo recuerdo el mensaje de Amnistía Internacional que
me ha llegado al móvil: «Marta, me preocupa que nos estemos acostumbrando.» La mujer le da un golpe a la

niña, que ha vuelto al hormigón sin amapolas del puente con las manos vacías de dólares o del chillón papel moneda filipino. Yo me pregunto cómo se llamará la niña y por qué los de Amnistía Internacional se toman la libertad de llamarme por mi nombre de pila. Por qué utilizan estrategias publicitarias y son cariñosos y afables, y yo me veo obligada a borrar inmediatamente todas sus peticiones. El tiempo que el semáforo nos mantiene retenidos en un eterno trancón de Manila City es demasiado largo, y veo por el espejo retrovisor la cabeza gorda y hermosa del bebé apoyada en el borde de la calzada. Por la manita le trepa una escolopendra o uno de los insectos no catalogados que nacen, viven y mueren en esta ciudad-selva de estructuras metálicas y vegetación resistente al CO_2. Todos juntos constituyen el ecosistema de Manila City. Mi marido me dice: «Ya hemos visto lo más horrible que podíamos ver.» Yo lo dudo, aunque llevo un filtro con protección solar al que se me queda prendida la carbonilla de los triciclos y las motocicletas. Los insectos muertos de Manila City.

3. En Quiapo sólo recordamos las películas de Brillante
   Mendoza,
los vestíbulos de los cines donde duermen indolentes gatos blancos,
las plantas abrillantadas de los pies de los nazarenos,
los ungüentos y las sampaguitas,
las tiendas de chancletas de mil colores,
los amarronados charcos y los carteles de propaganda
   donde sonríen mujeres de mediana edad
que lucen collares de perlas y permanentes con plis color
   Sena caja de ampollas.

176

Olemos el bendito olor a zotal que exterminará las escolo-
pendras trepadoras de los brazos infantiles.

En Quiapo
captamos vistas aéreas de los fieles que se agolpan en la
iglesia los viernes por la tarde.

Son puntitos verdes, morados y rojos.

Muñequitos dentro de una camiseta de algodón que les va
grande.

Figuritas para practicar vudú.

Las pieles pixeladas desde lo alto del puente que atraviesa
la avenida.

Entre la masa deambulan zombis niñas zombis que extienden la mano
con bebés como mandriles que les clavan las uñas en sus
cuerpos de quince kilos.

Niños libres o alquilados, todos prematuramente muertos,
corretean por todas partes y se lavan la cara con el agua vieja
de charcos oleaginosos donde no se deposita nunca la lluvia.

4. «Marta, me preocupa que nos estemos acostumbrando.» Dialogo con Amnistía Internacional y respondo: «Sí,
sí, sí. Nos estamos acostumbrando a estos monjiles, com-
placientes, repetidos mensajes de móvil. A las caritas tristes u ofendidas de los emoticonos. A no darles dinero a las
niñas de debajo del puente. A no fomentar la mendicidad
ciudadana. A lo que no veo y creo, a lo que veo y no puedo creer.»

Cada occidental, cuando sale de excursión, guarda en el
neceser y en el maletín de maquillaje:

un publicista, un hombre bueno con mala conciencia, una
asistenta que limpia las ventanas y está a punto, a punto,
de caer y reventarse la cabeza contra las losas del patio.

5. Pero ya no vemos nada porque estamos hechizados
por el colorín del pobre,
seguros de haber visto lo más horrible que se podía ver
nada más aterrizar en Manila City,
los huevos negros de ave enterrada,
esas proteínas, que crujen entre la mucosa y el diente,
y las ratas que corretean por los jardines de los hoteles de
casi lujo.

Hemos traspasado los muros invisibles que son como corrientes de aire cargadas de calor.

Al otro lado, nos aguarda la frescura del aire acondiciona-
do, el sushi y los siberian husky que caminan con pa-
tuquitos de perlé.

Ya lo hemos visto todo y sabemos que no podemos comer
en los puestos callejeros.

No nos hemos puesto vacunas, pero hemos llegado con
las defensas bien altas,
nos lavamos las manos cada cuarto de hora
y estamos protegidos por nuestras gafas negras y nuestros
filtros solares.

Creemos que lo sabemos todo, pero quizá se nos haya es-
capado lo peor y lo bueno.

Guardamos en la cartera: un pediatra, un futbolista, un ingeniero de caminos, un cantante muy apenado, un quesito de La vaca que ríe light, un solidario, un compulsivo fotógrafo, toallitas perfumadas y un contador de historias.

El periódico está lleno de buenas noticias que yo no sé interpretar. No me refiero a que el PIB haya crecido el 3,1 % por el aumento de la renta disponible y la creación de empleo. No me refiero a esos ripios falsarios de la prensa económica. Me refiero a la invención de la pastilla que despierta el deseo femenino. Las mujeres estamos de enhorabuena porque, por fin, vamos a volver a querer. Han descubierto que no querer –¿con cualquiera?, ¿a cualquier hora?– es una patología y hay que estar queriendo justo hasta un día antes de morir. Hay que morirse queriendo y gozando y haciendo gimnasia y oliendo las flores. No hay que morirse como esas mujeres viudas, nonagenarias, que miran a su alrededor y piensan –sensatamente–: «¿Y yo ya qué hago aquí?» Ellas también tienen que querer y consumir pastillas para querer y para morirse muertas de la rabia por morirse. Las empresas farmacéuticas, las industrias del porno, el jadeo intermitente, los fabricantes de lencería, las agencias de emparejamiento por internet, los fabricantes de geles de frío y calor, los de sogas y cadenas y de esposas metálicas, los cantantes de boleros, los anunciantes de Vaginesil gel y los cultivadores de pétalos de rosas se han confabulado en contra de ese estoicismo que nos ayuda a morir. A la mierda Zenón de Citio. La ausencia de deseo es mala porque paraliza la vida, aunque la parálisis que de verdad resulta aterradora es la del monedero. Pero el deseo no es siempre una compulsión biológica: el deseo de los fabricantes de lencería y pomadas es una construcción, una filigrana imaginativa que me repugna en este momento en el que he optado por escupir toda la verdad.

Reivindico el deseo que afecta a las cosas que me son extrañas. Reivindico el deseo que me lleva a escribir un libro o a empujar al director de un banco. Abomino del deseo que se inocula artificialmente en el cuerpo cuando el cuerpo duerme y se prepara para llegar lentamente a su final. Yo no quiero estar funcionando artificialmente. Salivando, lubricando, sorbiendo artificialmente. Llega un momento en la vida en que es bueno dejar de correr. Hay que dejar de correr. Yo quiero que me dejen en paz. Que me dejen olvidarme de mi cuerpo. Para lo bueno y para lo malo. Olvidar la posibilidad de los orgasmos sucesivos, las punzadas más o menos intensas de placer, los calambres y el volver a buscar la conexión de los enchufes. Esa forma del olvido y del amor. Quiero olvidar la posibilidad de follar tanto y tan bien que escueza. Y a la vez olvidar las yemas de los dedos, el Bósforo de Almasy, la mandíbula, las muelas del juicio y la caja que encierra el corazón. El advenimiento, casual o preparado, de los tumores y la corrosión de la cadena de

181

ADN. No quiero que me vendan nada. Mataré al vendedor a domicilio que me venda un deseo que siempre será una emulación. Impostura. Falsedad. No nacerá de mi vientre, sino de una sustancia que dispondrá de otro modo mis sinapsis cerebrales y acarreará una lista de efectos secundarios que tendré que combatir con otras pócimas: sequedad de boca, insomnio, irritabilidad.

No sé interpretar las buenas noticias del periódico: «El Ibex lo intenta de nuevo: sube más del 2 % hasta 10.200», pero sé que el estrés es una de las causas de la ausencia de deseo, más allá del desgaste, la saturación, la edad, el aburrimiento, la falta de ocurrencias, la pereza, el miedo, la abulia en sí, las ganas de olvidar el propio cuerpo por dentro o por fuera, los aneurismas o el desprendimiento maligno o benigno de la carne de los brazos... Soy una clienta perfecta a la que le quieren vender pastillas para todo. Pastillas porque no quiero y pastillas si quiero demasiado. Ahora tengo que adquirir un vibrador o contratar los servicios de un hombre flamígero que descongele mis rincones árticos, pero yo recuerdo el descubrimiento de la masturbación al trepar por los árboles o deslizarse por las barandillas, aquella sensación que era sólo tuya, egoístamente tuya, buenísima y por la que a la vez temías ser descubierta, los quince, los dieciséis, incluso los treinta años, cuando la carne pide con voracidad y cada mordisco engendra culpa. Insultos. Una guarra.

Una salida. Una ninfómana a la que el clítoris se le alargará como una pipa de kif. Entonces me habrían vendido duchitas frías o tranquilizantes. Charlas ecuménicas. Miedo a las infecciones. Nunca estamos conformes.

Es una auténtica injusticia.

Mi marido apunta en un papelito mis ingresos mensuales. Me los canta como un niño de San Ildefonso. Gano 1.256 euros en enero, 325 en febrero, 7.000 en marzo, 122 en abril, 650 en mayo, 500 en junio, 1.450 en julio... Mi marido me asegura: «Puedes estar tranquila. Muy tranquila.» Y, sin embargo, yo miro por la ventana el suelo, el horizonte, y no, no me puedo confiar.

Incluso cuando no quiero regodearme en estos pensamientos, ellos llegan a mí de una forma misteriosa. Me meto en la cama, cojo un libro, abro sus páginas, leo: «Durante su solitaria cena –porque era norma de la casa que no le esperasen cuando se retrasaba– el doctor Gully reflexionó detenidamente sobre el caso. El sufrimiento mental continuado había producido un colapso físico y el estado del cuerpo aumentaba el sufrimiento mental. Como había escrito refiriéndose a este tipo de dolencia nerviosa: "Las impresiones mórbidas comienzan en el cerebro y repercuten en el sistema visceral ganglionar, estimulando en las vísceras sensaciones y movimientos. Los movimientos y sensaciones anormales de las vísceras se reflejan en el cerebro."»

Me esperanza pensar que si uno verdaderamente llegase a controlar sus emociones, podría frenar una patología, pero no consigo creérmelo del todo. Algo rechina. Algo no cuadra. En el extremo opuesto –¿polo dialéctico?–, tomo la decisión de hacer parar bruscamente la ruedecilla de mi cerebro si no quiero contraer un linfoma. En mi familia ya ha habido dos: un Hodgkin y un no Hodgkin. El segundo fue mortal.

A mi amiga Isabel le han practicado muchísimas más pruebas que a mí. Colonoscopia, escáner. Laparoscopia. Pequeñas intervenciones quirúrgicas. También una cistografía, que es una prueba que consiste en inyectarte un contraste que pinta los vericuetos de las vejigas humanas y otros lugares del aparato mingitorio para diagnosticar distintos tipos de dolencias. Cuando yo era joven padecía cistitis continuamente. Eran cistitis debidas al amor y a una acepción deportiva de la sexualidad. Hasta que una internista se empeñó en pedirme una cistografía. Cuando me explicó en qué consistía la prueba, mi vejiga se retrajo mágicamente como un caracol en un día muy nublado y nunca jamás padecí una cistitis ni nada parecido. Ahí aprendí que el cuerpo es miedoso. Toma precauciones. No se deja violentar tan fácilmente.

A Isabel los ginecólogos le han diagnosticado quistes y tumores benignos. Y ella siguió quejándose porque su dolor persistía. Entonces los ginecólogos le dijeron que confundía los dolores. Isabel me lo escribe en un correo: «Entonces dijeron que yo confundía los dolores y me derivaron a urología y a digestivo.» Detecto en sus palabras un resentimiento que me parece comprensible, aunque también encuentro estremecedoramente verosímil la posibilidad de «confundir los dolores». Pese a que la confusión pueda resultar ofensiva para la imputada. Si Isabel viviese en Boston o en Milwakee no podría haberse costeado tantas pruebas médicas, pero quizá ahora estaría hablando con un abogado para interponer una demanda a los ginecólogos.

Los urólogos a los que fue derivada mi amiga Isabel, excediendo los límites de su especialidad, lanzan la hipótesis, nunca conclusiva, de que quizá Isabel padezca una endometriosis. La endometriosis es una enfermedad que tarda una media de nueve años en ser diagnosticada. Lo leí en un periódico y pensé que si mi dolor –mi garrapata– se hubiese fijado en un punto próximo a la periferia de mi ombligo, es muy posible que yo anduviese pensando en las funciones del endometrio. Por su parte, frente a la hipótesis de los urólogos, a quienes Isabel está bastante agradecida, su psicóloga y su médica de cabecera optan por un diagnóstico más general: premenopausia. Mientras tanto, Isabel toma pastillas, limpia la casa hasta dejarla como una patena, bebe cerveza sin alcohol.

En uno de sus últimos correos me escribe: «Me acuerdo mucho de tus padres, pero hace mucho que no los veo. Calculo que tenemos horarios diferentes y confío en que hayan superado lo de la perrita.»

A mis padres hace poco se les murió su perrita, Cloe, que era encantadora. Ahora la casa está vacía.

En una foto, mi madre sostiene a Cloe entre sus brazos mientras toma el aperitivo en un bar. Supongo que a mi madre le duele el fantasma, pero no quiere otra perrita, porque desea hacer un crucero fluvial, conocer San Petersburgo, ir al cine sin remordimientos.

No me he encerrado en casa y he comentado con todo el mundo las características e intensidad de mis síntomas. El color de mi enfermedad y mis evoluciones. Ahora he de rendir cuentas con todos los que me han escuchado. Siento la mala conciencia de haber sido muy pesada y ahora necesito tranquilizar a mis amigos. Pegar un cerrojazo. No hablar más del asunto. Mentir. Doy cuenta de mi mejoría con narraciones míticas que, como todas las leyendas, contienen su parte de verdad: la asfixia vino provocada por una retracción pulmonar ante un proceso de inflamación de la clavícula. La tensión del músculo es el resultado del sobreesfuerzo a la hora de respirar, y ese mismo sobreesfuerzo intensifica los dolores. Mi dolencia tiene un sesgo reumatológico o tal vez es que la menopausia debería ser tratada por los doctores con un poco más de atención. El climaterio no es sólo la edad más adecuada para que nos vendan yogures y compresas para paliar las pérdidas de orina. Cuento mis historias y, mientras las cuento, me convenzo. Me percato de que pongo un énfasis especialísimo en que todo el mundo sepa que no he sufrido ningún ataque de ansiedad.

A lo mejor si disimulo, me deja de doler.

El día de mi santo mi amiga Inma me llama por teléfono. Hablamos del verano y del calor. Yo le digo que estoy bastante recuperada. Cambio de tema porque estoy muy cansada de hablar de mí misma. De dar explicaciones. De contar mentiras tralará que, de algún modo, describen atinadamente mis malestares y mis estados de ánimo. «Y tú, ¿qué tal?» Ella tiene anemia ferropénica y le han inducido la menopausia para que no sangre más y por la sangre vaya perdiendo el hierro y la posibilidad de dar tres pasos. Está cansada. Se ha puesto mil inyecciones de esas que duelen como un demonio. Ha comido kilos de filetes de hígado. Auténtica basura. Nada le funciona. Se le ha desrizado la melena y ahora el pelito le cae lacio sobre los hombros. «¿Te lo puedes creer?» A Inma siempre le ha importado mucho estar guapa y en su voz detecto algo triste y languideciente. Lo raro es que las piernas la sostengan. Ella trabaja en la oficina de un procurador y recorre los juzgados de Madrid. Espera colas. Puede que en su puesto de trabajo se resientan de su lentitud y que ella deba encubrir el tamaño verdadero de su cansancio. Los médicos no terminan de dar con la medicación. Hablamos de nuestras enfermedades. Pienso en Nietzsche, pero no se lo digo. Hago bien

190

porque Inma es de Móstoles y, cuando escribió sobre el dolor y las mujeres, es posible que el filósofo alemán no estuviese reflexionando sobre las chicas trabajadoras de clase media de la periferia de Madrid. A lo mejor yo sí soy una de esas señoritas burguesas de las que hablaba Nietzsche. Aunque tampoco me corresponda por extracción social y me diga en este preciso instante: «No deberías ser tan cruel contigo misma.» Me envicio en rascarme la costra de la rodilla y en agrandar la llaga con la punta de la lengua. Inma y yo nos decimos que nos tenemos que ver. Lo prometemos.

Más tarde mi amiga Elvira me pone un wasap elegíaco: «¡Ha cerrado el Comercial! Cuántos recuerdos, cuántas esperas en la puerta, cuántas cañas... Marti, a la vuelta de vacaciones, resérvanos un hueco en la agenda para una cenita, no sea que nos cierren otra ventanilla.» Últimamente nos las están cerrando casi todas. Somos viejas. Pero no tanto. ¿Somos viejas? Para rematar el mensaje, Elvira me envía el emoticono de la cara amarilla que lanza besitos. Me extraña que Elvira se haya puesto elegíaca. Algunas veces cotilleo las fotos del wasap en mi teléfono y veo allí a los hijos de mi amiga. Leo sus lemas: «La más valiente», «Intolerancia a la tristeza», escribe Elvira. Lo escribe después de que a su hija María la hayan operado del corazón o tras una horrible cadena de muertes familiares. «Intolerancia a la tristeza», escribe. Yo primero pienso que está tonta. Lue-

191

go entiendo por qué llevamos siendo amigas más de treinta años. Hoy vuelvo a abrir el wasap, Elvira ha puesto una nueva foto y un nuevo estado: «Selfie feliz.» Elvira, incluso de lejos y en los peores momentos, me hace reír.

Hago el promedio mental del día de mi santo: bares cerrados y conversaciones sobre enfermedades. No sé si nuestros temas nacen del paso del tiempo o soy yo quien los irradio y los convoco. Mágicamente.

Tengo una médica de cabecera nueva que me ha dado la receta electrónica del lorazepam. 150, 200.000, 1.000.000 de pastillas. La accesibilidad del fármaco hace que pierda fe e interés. Regalo pastillas a mis amigos. Soy camella y *dealer*. *Dealer* porque veo un montón de películas. «Puedes volver cuando quieras.» Querré, querré, doctora Villalba. Me queda una sombra que puede escaparse, en cualquier momento, de detrás de la puerta. El monstruo agazapado en el fondo del armario. Los insectos que de repente invaden toda la casa. El animal. Volveré muy pronto porque hoy he aprendido que el estrés es una respuesta muy primitiva. Antes de erguirnos del todo, nuestros espacios intercostales ya guardaban una pila roja que conectaba una luz y nos inducía a aullar cuando el peligro era inminente. Nos desmadejamos cuando no podemos más, pero creemos que podemos con todo. La antropología, los monos desnudos y Desmond Morris nos pisan la cabeza a las dulces mujeres civilizadas que usamos el monóculo en la ópera y somos muy partidarias de la morfina y la anestesia epidural. Por muy larga y muy gorda que sea la aguja.

Comienzo a preparar la agenda del próximo curso: las clases, los libros, Bolonia, los Estados Unidos de América, Jerez de la Frontera, Córdoba, La Paz, Montevideo. Y todo lo bueno que vendrá. Volveré a esta vida magnífica que me aprieta el corazón. A las ganas de hacerlo todo y al miedo de no poderlo hacer. A la conciencia del privilegio y de la necesidad. Hay que tener mucho cuidado con lo que deseas por si acaso tus deseos se cumplen. Me imagino a los dos viejecitos de «La pata de mono». Al hijo muerto y la sarmentosa mano de la madre aferrada a la pata de mono mágica que le devuelve a su retoño del reino de los muertos. Muy desmejorado.

Apunto en mi libreta mental: «Éste es un libro marcadamente culturalista.» Y lleno de adverbios en -mente. Tengo toda la razón.

Justo en el momento en que me duele cada moneda que gasto, mi madre nos regala un crucero. Mi marido y yo vamos a disfrutar de los efectos balsámicos y sanadores del descanso capitalista. Me parece una idea formidable.

Cuando escribo estas líneas naturalmente tengo en cuenta el texto de David Foster Wallace. Y sin embargo –*sarinagara*– existe una diferencia fundamental entre las dos aventuras náuticas: David fue un crucerista por encargo; sospecho que el prejuicio de que no le iba a gustar la experiencia, de que esa experiencia no podía acomodarse de ningún modo a lo que la gente esperaba de él, se le incrustó en la mente ya antes de embarcar. Él era un estupendo escritor que se ataba un pañuelo a la cabeza. Luego se suicidó, que es algo que yo nunca haría por mucho que ciertos lectores se estén preguntando por qué, por qué no. Sería tan fácil. Pero quejarse y patalear no se parece en nada al deseo de desaparecer. De hecho, yo no deseo desaparecer y me encantan los relatos de fantasmas y las explicaciones materialistas de las psicofonías. Mi abuela Rufi protestaba ante las exageraciones higienistas de mi abuelo, que desayunaba sardinas en aceite, tomaba agua tibia con limón y se echaba exactamente cincuenta golpes de agua en la cara para despertarse. Decía mi abuela: «¿No querrás quedarte aquí para simiente de rábanos?» Ella murió de un tumor cerebral y yo me alegré toda mi vida de no haber heredado su hermosa y española nariz aguileña. Hermosa mujer de Romero de Torres.

Yo hice el crucero porque me apeteció. Por iniciativa propia. No se me ocurrió mejor plan para aquel verano y emprendí el viaje sin escepticismo, llena de ilusión. Con *sencillez*. Porque desde el primer instante intuí que me iban a encantar ciertas formas de la desmesura hortera, del olor a cebolla frita y a comida basura que acompañaron mi crecimiento benidormense y que fui rastreando por las inmediaciones de los snack-bars. Hay otra magnífica diferencia respecto a *Algo supuestamente divertido que nunca volveré a hacer:* yo seré muy breve. Poco ingeniosa y magnetofónica.

Nos hemos hecho viejos antes de tiempo por culpa de la reforma laboral. Los ajustes, la crisis, los recortes, los eufemismos y las malas palabras, el taco y los exabruptos, las retenciones del impuesto sobre la renta de las personas físicas y el 21 % de IVA se nos han metido en el cuerpo, como un demonio, como una bacteria, y ahora forman parte de nuestro recuento plaquetario y de la enfermedad de la que, palabrita del Niño Jesús, nos vamos a morir.

Recompongo mis pedazos centrípetamente. Me escayolo.

Del crucero recuerdo: «Papá, en Estocolmo, ¿hay boquerones?» Lo dice un niño antes de embarcar en el autobús que nos conduce desde el aeropuerto al buque que es como el satélite donde los terrícolas de *Wall-E* engordan sentados sobre sus flotadores mientras beben refrescos azucarados con pajita. «Chau, chau, chau», grita un animador con un gorro que finge ser la cabeza de un alce cuando, como niños ansiosos, nos vamos de excursión por las mañanas. Los camareros, los cocineros, los agentes de seguridad son malayos, indonesios, filipinos. El señor Palomba sólo contrata personal muy sonriente. Y dúos musicales que a las ocho en punto de la tarde cantan «Parole, parole», «Strangers in the Night», «La garota de Ipanema», «Te regalo una rosa»... Una selección de temas tan internacionales como el pasaje. Los cruceristas —empresarios, funcionarios, policías, jubilados de semi-postín, gente de medio pelo que se viste de gala para ir a cenar, lentejuelas moradas, lentejuelas verdes, plateados, pantalones pitillo de color teja, volantes, pelos de mucha peluquería, niñas que se visten de princesa por un día y recorren el barco de proa a popa: *«Guarda, la principessa!»*... Experimento la nostalgia clasista de los cruceros de Agatha Christie—, los cruceristas hablan con acentos garrulos y se ríen del personal que, con lengua más o menos de trapo, se defiende en cuatro idiomas. Las nacionalidades se anulan en la alianza del crucerista. No somos españoles, italianos, rusos, franceses, ingleses o alemanes, somos gente zafia, que está por encima del servicio. Ellos pagan y silabean: «Quie-ro-un-cor-ta-di-to.» Y se cabrean si no los entienden al primer intento. Estoy en mi salsa. Los cruceristas, que no se embriagan con el azúcar de sus combinados, llevan a cabo el siguiente monólogo interior:

«Vamos a disfrutar a tope, entonces bailamos zumba en el puente once a las once en punto, lo damos todo, pierna hacia atrás y pierna hacia delante, bajamos los párpados y vuelta, nos relamemos, arriba y abajo, otra vez, al ritmo del culo de la monitora, hacemos lo mismo que otras cien personas al mismo tiempo y, sin embargo, sabemos que no somos iguales, que somos mejores que ellos, que nosotros estamos haciendo un rato el ridículo tan sólo porque queremos disfrutar al máximo de la experiencia, del dinero gastado, relajarnos, descargarnos de los miasmas cotidianos, y lo damos todo bailando zumba y luego nos beberemos tres cócteles anaranjados con sombrilla, pero miramos a nuestro alrededor, cerramos los ojos, y sí, claramente, somos mejores.»

Hemos pasado por Estocolmo, Helsinki, Tallin y San Petersburgo, pero posiblemente eso es lo de menos. Mi madre no se ha sentido muy bien durante estos días. Le picaban los ojos y le dolían las articulaciones. Puede que el dolor de mi madre haya atenuado, umbilicalmente, mi propio dolor. O que todo haya sido una cuestión de intensidad y de tupido velo. Del efecto sanador de los destinos turísticos. De ese cambio de aires que me invita a no seguir pasando el dedo por el forro de piel que me alfombra la parte interna del torso y el vientre.

En el avión de regreso a casa, mis padres se cogen de la manita en el aterrizaje. El sobrecargo se inclina sobre ellos: «¿Es miedo o es amor?» La azafata no puede resistirse a pronunciar un comentario: «Que sigan ustedes así cincuenta años más.» Mis padres son personas especiales. Se sienten orgullosos de su hazaña sentimental. Y dolidos. Escrutados en un gesto de su intimidad espontánea que hace dos décadas a nadie le habría llamado la atención. Se ríen y se ofenden. Es como si de golpe su vida se hubiese convertido en un espectáculo y el público, que por educación burguesa no debería decir ni mu, les hubiera hecho repentina y precipitadamente viejos. Yo, sin fijarme mucho, me doy cuenta de todo y me llevo los dedos al Bósforo de Almasy.

Impreso en
Black Print CPI Ibérica, S. L.,
Torre Bovera, 19-25
08740 Sant Andreu de la Barca